Das Buch

Die 15-jährige Doria lebt in der »Cité du Paradis«, einer Hochhaussiedlung am Rande von Paris – allein mit ihrer Mutter, seit ihr Vater die Familie verlassen hat, um nach Marokko zurückzukehren und dort eine jüngere Frau zu heiraten. Doria und ihre Mutter leben seitdem von der Sozialhilfe und dem mickrigen Lohn, den die Mutter als Zimmermädchen verdient – geplagt von einem rassistischen Chef, der alle arabischen Frauen »Fatma« nennt. Von schicken Klamotten kann Doria nur träumen, stattdessen gibt es Pullis aus der Altkleiderkammer. Und die regelmäßigen Therapiestunden bei Madame Burlaud treiben sie ebenso an den Rand des Wahnsinns wie die perfekt manikürten Sozialarbeiterinnen. Zum Glück gibt es Hamoudi, Dorias bester Freund und Beschützer, der sie mit Versen von Rimbaud tröstet, wenn mal wieder alles nervt. Und die Nachhilfestunden bei Nabil dem Streber, von dem Doria immer dachte, dass sie ihn nicht ausstehen kann …

Die Autorin

Faïza Guène, 1975 in Frankreich geborene Tochter einer algerischen Einwandererfamilie, studiert Soziologie in Paris und hat bereits mehrere Kurzfilme gedreht. Ihr Debütroman *Paradiesische Aussichten* stürmte sofort die französischen Bestsellerlisten und erregte weltweit Aufsehen in der Presse.

Faïza Guène

Paradiesische Aussichten

Aus dem Französischen
von Anja Nattefort

Ullstein

Besuchen Sie uns im Internet:
www.ullstein-taschenbuch.de

Umwelthinweis:
Dieses Buch wurde auf chlor- und säurefreiem Papier gedruckt.

Ungekürzte Ausgabe im Ullstein Taschenbuch
1. Auflage Mai 2006

Titel der französischen Originalausgabe: Kiffe kiffe demain
(Hachette Littératures, Paris)
Umschlaggestaltung: Büro Hamburg
Titelabbildung: © Kevin Fitzgerald/Getty Images
und © George Kavanagh/Getty Images
Gesetzt aus der Exelsior bei LVD GmbH, Berlin
Druck und Bindearbeiten: Ebner & Spiegel, Ulm
Printed in Germany
ISBN-13: 978-3-548-26349-6
ISBN-10: 3-548-26349-6

Für meine Mutter und meinen Vater

Heute ist Montag, und ich war bei Madame Burlaud, wie an jedem Montag. Madame Burlaud ist alt und hässlich, außerdem stinkt sie nach Läuseshampoo. Sie ist harmlos, aber manchmal mache ich mir ernsthaft Sorgen um sie. Heute zog sie einen Stapel mit seltsamen Abbildungen aus der untersten Schublade, die aussahen wie getrocknete Kotze. Sie fragte mich, woran die Bilder mich erinnerten. Als ich es ihr sagte, blickte sie mich mit ihren Glupschaugen an und wiegte den Kopf hin und her wie die nickenden Spielzeugdackel hinten im Auto.

Ich bin von der Schule zu ihr geschickt worden. Als meine Lehrer ausnahmsweise gerade mal nicht streikten, kamen sie auf die Idee, ich bräuchte psychologische Hilfe, weil sie mich so verschlossen fanden ... Vielleicht haben sie sogar Recht, egal, ich geh halt hin, schließlich zahlt es die Krankenkasse.

Ich glaube, ich bin so, seit mein Vater weg ist. Er ist weit weg. Er ist nach Marokko zurückgekehrt, um eine andere Frau zu heiraten, die sicher jünger und fruchtbarer ist als meine Mutter. Nach mir hat meine Mutter nämlich keine Kinder mehr bekommen, obwohl sie es lange versucht hat. Wenn man bedenkt, dass viele Mädchen aus Versehen gleich beim ersten Mal schwanger werden ... Papa wollte unbedingt einen Sohn. Für seinen Stolz, seinen Namen, die Ehre seiner Familie und wahrscheinlich noch aus vielen anderen blöden Gründen. Doch er bekam nur ein einziges Kind, und das war eine Tochter. Ich. Man kann sagen, dass ich nicht ganz den Vorstellungen des Kunden entsprach. Und leider läuft das nicht so wie im Supermarkt, einen Kundendienst wie bei Carrefour gibt es für solche Fälle nicht. Irgendwann hat mein Alter wohl begriffen, dass es zwecklos ist, weiter mit meiner Mutter herumzuprobieren, und ist abgehauen. Einfach so, ohne Vorwarnung. Ich weiß nur noch, dass ich mir gerade eine Folge der vierten Staffel von *Akte X* anschaute, die ich mir in der Videothek um die Ecke ausgeliehen hatte. Auf einmal fiel die Tür ins Schloss. Ich ging zum Fenster und sah ein graues Taxi davonfahren. Das war alles. Es ist jetzt über sechs Monate her. Die Frau aus dem Dorf, die er geheiratet hat, ist wahrscheinlich längst schwanger. Und wie es dann weitergeht, ist sonnenklar: Sieben Tage nach der Geburt werden sie das ganze Dorf zur Taufe einladen. Aus diesem Anlass wird ein aus alten Scheichs bestehendes Orchester anreisen und auf Trommeln aus Kamelleder spielen. Das wird ihn ein wahres Vermögen kosten – seine gesamte Rente von Renault. Und dann werden sie noch einem riesigen Schaf die Gurgel durchschneiden, wenn das Baby seinen Namen bekommt. Und zwar Mohamed. Da wette ich zehn zu eins.

Wenn Madame Burlaud mich fragt, ob mein Vater mir fehlt, sage ich »Nein«, aber das glaubt sie nicht. Schlau, schlau. Egal, alles halb so wild, meine Mutter ist ja da. Jedenfalls physisch. In Gedanken ist sie nämlich ganz woanders, noch weiter weg als mein Vater.

Vor einer guten Woche hat der Ramadan begonnen. Ich musste Mama eine Erklärung unterschreiben lassen, warum ich in nächster Zeit nicht in der Schulkantine esse. Als ich sie beim Direktor abgab, fragte er, ob ich mich über ihn lustig machen wolle. Er heißt Monsieur Loiseau, ist dick und blöd und stinkt nach billigem Fusel. Außerdem raucht er Pfeife. Nachmittags holt ihn seine ältere Schwester in einem spießigen roten Renault vor der Schule ab. Deshalb ist es ziemlich lächerlich, wenn er versucht den autoritären Macker raushängen zu lassen.

Monsieur Loiseau vermutete, ich hätte den Brief selbst unterschrieben. Er peilt wirklich gar nichts: Bei einer Fälschung hätte da wenigstens eine richtige Unterschrift gestanden. Mama hatte nur eine zittrige Schlangenlinie hingekritzelt. Sie ist es nicht gewohnt, einen Stift zu halten. Aber darüber hat der Blödmann sich natürlich überhaupt keine Gedanken gemacht. Wahrscheinlich gehört er zu den Leuten, für die Analphabetismus so etwas ist wie Aids – das gibt es nur in Afrika.

Vor kurzem hat Mama angefangen zu arbeiten. Sie ist Zimmermädchen in einem Hotel namens Formule 1 in Bagnolet, aber nur bis sie etwas anderes findet, was hoffentlich bald sein wird. Wenn sie spätabends nach Hause kommt, weint sie manchmal. Sie sagt, das sei die Erschöpfung. Während des Ramadan ist es noch härter, denn wenn das Fasten um 17.30 Uhr endet, ist sie noch bei der Arbeit. Sie muss sich Datteln in ihrer Bluse verstecken, damit sie dann wenigstens eine Kleinigkeit essen kann. Sie hat sich sogar extra eine Innentasche eingenäht, damit es nicht so auffällt. Wenn ihr Chef sie erwischt, kann sie was erleben.

Im Formule 1 in Bagnolet nennen sie alle »Fatma«. Sie wird die ganze Zeit angebrüllt und belauert, ob sie auch ja nichts aus den Zimmern klaut.

Dabei heißt meine Mutter gar nicht Fatma, sondern Yasmina. Anscheinend findet Monsieur Schihont es sehr komisch, alle Araberinnen Fatma zu nennen, alle Schwarzen Mamadou und alle Chinesen Ping-Pong. Es gibt so viele Idioten auf der Welt …

Monsieur Schihont ist Mamas Vorgesetzter. Er kommt aus dem Elsass. Manchmal wünschte ich, er würde in irgendeinem Keller verrecken und die Ratten würden sich über ihn hermachen. Mama schimpft, wenn ich so etwas sage. Sie sagt, man darf niemandem den Tod wünschen, nicht einmal seinem ärgsten Feind.

Einmal hat er sie so fies beschimpft, dass sie heulend nach Hause kam. Das letzte Mal, dass ich jemanden so habe weinen sehen, war in der Ski-Freizeit, als Myriam sich in die Hose gepinkelt hatte. Dieser Arsch von Monsieur Schihont dachte, Mama wolle sich über ihn lustig machen, weil sie seinen Namen mit ihrem Akzent *»Schihant«* ausspricht, was auf Französisch ungefähr so klingt wie »Monsieur Beschissen«.

Seit mein Alter abgehauen ist, geben sich bei uns die Tussis vom Sozialamt die Klinke in die Hand. Den Namen von der neuen habe ich schon wieder vergessen. Irgendwas wie Dubois, Dupont oder Dupré, jedenfalls einer dieser Namen, die unheimlich wichtig klingen. Ich finde sie voll blöd, sie lächelt die ganze Zeit, auch wenn es gerade total unpassend ist. Als wollte sie das Glücklichsein gleich für alle anderen ringsum mit übernehmen. Einmal hat sie mich gefragt, was ich davon halte, ihre Freundin zu werden. »Überhaupt nichts«, hab ich brutal geantwortet. Als ich Mamas bohrenden Blick in meinem Rücken spürte, ahnte ich, dass das wohl ein Fehler war. Wahrscheinlich hatte sie Angst, die Ämter würden uns nicht mehr helfen, wenn ich mich nicht mit ihrer beknackten Sozialtante anfreunde.

Vor Madame Dingsbums war es ein Mann. Doch, ihr Vorgänger war tatsächlich ein Kerl, ein Sozialarbeiter von der Stadt. Er sah aus wie Laurent Cabrol, der früher freitagabends auf TF1 *Die Nacht der Helden* moderiert hat. Leider haben sie die Sendung abgesetzt. Jetzt sieht man Laurent Cabrol nur noch ganz klein unten rechts auf Seite 30 der Fernsehzeitschrift, wo er in einem gelbschwarz gestreiften Polohemd Werbung für Heizungen macht. Egal, dieser Sozialarbeiter war ihm jedenfalls wie aus dem Gesicht geschnitten. Das komplette Gegenteil von Madame Sowieso. Er hatte keinen Funken Humor, lächelte nie und war angezogen wie Professor Bienlein aus *Tim und Struppi*. Einmal sagte er zu meiner Mutter, nach zehn Jahren in diesem Job sei es das erste Mal, dass er »Leute wie uns« mit einem Einzelkind kennen lernt. Ausgesprochen hat er es nicht, aber er meinte wohl »Araber«. Er fand unsere Wohnung mit dem vielen Nippeskram, den meine Mutter nach der Hochzeit aus Marokko mitgebracht hat, total exotisch. Weil wir zu Hause unsere spitzen Schlappen tragen, hat auch er gleich, als er die Wohnung betrat, seine Schuhe ausgezogen, um ja nichts falsch zu machen. Nur hatte er Alienfüße, sein zweiter Zeh war mindestens zehnmal so lang wie der dicke Zeh. Es sah aus, als wollte er in seinen Socken jemandem den Stinkezeh zeigen. Ganz zu schweigen von dem Geruch! Er machte einen auf mitfühlend, aber das war alles nur Getue, sonst nichts. Wir waren ihm scheißegal. Im Übrigen hat er den Job als Sozialarbeiter auch kurze Zeit später an den Nagel gehängt und ist wohl aufs Land gezogen. Wer weiß, vielleicht macht er jetzt Käse. Er fährt mit seinem himmelblauen Kleinbus über die Dörfer des schönen alten Frankreich und verkauft nach der Sonntagsmesse Roggenbrot, Roquefort aus traditioneller Herstellung und getrocknete Salami.

Sie mag ja ziemlich doof sein, aber die Rolle der Sozialarbeiterin, die den Armen hilft, spielt Madame Dingenskirchen um Längen besser. Sie hat es so gut drauf, Interesse für unser Leben zu heucheln, dass man manchmal beinah drauf reinfällt. Mit ihrer Piepsstimme stellt sie mir immer eine Menge Fragen. Neulich wollte sie wissen, welches Buch ich in letzter Zeit gelesen hätte. Ich hab nur leicht mit den Schultern gezuckt, das sollte »Gar keins« heißen. In Wirklichkeit hab ich gerade ein Buch von Tahar Ben Jelloun durch, *Sohn ihres Vaters*. Es erzählt die Geschichte eines kleinen Mädchens, das als Junge aufwächst, weil es schon das achte Mädchen in der Familie ist und der Vater sich einen Sohn wünscht. Zu der Zeit, in der das Buch spielt, gibt es nämlich weder Ultraschall noch Verhütungsmittel. Und Rückgabe oder Umtausch sind wie immer ausgeschlossen.

Was für ein beschissenes Schicksal. Das mit dem Schicksal ist sowieso völlig frustrierend, weil man nichts dran ändern kann. Du kannst tun, was du willst, am Ende hast du immer die Arschkarte. Meine Mutter sagt, mein Vater hat uns verlassen, weil es so geschrieben stand. Bei uns heißt das Mektoub. Das ist so was wie das Drehbuch eines Films, in dem wir mitspielen. Das Problem ist nur, dass unser Drehbuchautor nichts taugt. Ihm fallen keine schönen Geschichten ein.

Meine Mutter hatte sich Frankreich vorgestellt wie in den Schwarzweißfilmen der sechziger Jahre. Überall hübsche junge Männer mit Zigarette im Mundwinkel, die ihren Freundinnen die Welt erklären. Ihre Cousine Bouchra und sie hatten einen Couscoustopf aus Aluminium in eine Antenne umfunktioniert und konnten damit französische Sender empfangen. Als sie dann im Februar 1984 mit meinem Vater in Livry-Gargan ankam, dachte sie, sie hätten das falsche Schiff erwischt und wären ganz woanders gelandet. Beim Betreten ihrer winzigen Zweizimmerwohnung musste sie sich erst einmal übergeben. Entweder die Nachwirkungen der Seekrankheit oder ein Vorzeichen ihrer Zukunft in diesem Kaff.

Als wir das letzte Mal in Marokko waren, fühlte ich mich völlig fehl am Platze. Ich erinnere mich noch an die alten tätowierten Frauen, die sich bei Hochzeiten, Taufen oder Beschneidungen neben Mama setzten. »Yasmina, deine Tochter wird bald eine Frau, weißt du? Du solltest dich allmählich nach einem Jungen aus guter Familie umsehen. Kennst du Rachid? Das ist der Schweißer …«

Diese alten Hexen. Und ob ich den kenne! Alle nennen ihn nur »Rachid den Trottel«. Schon die Sechsjährigen machen sich ungestraft über ihn lustig. Ihm fehlen vier Zähne, er kann nicht lesen, er schielt und er riecht nach Pisse. Aber so denken sie dort: Wenn sich zwei sanfte Hügel auf deiner Brust ankündigen, du immer schön brav den Mund hältst und Brot backen kannst, dann ist es höchste Zeit zu heiraten. Wahrscheinlich fahren wir sowieso nie wieder nach Marokko. Abgesehen davon, dass wir es uns nicht mehr leisten können, wäre es auch eine zu große Schande für Mama. Man würde mit dem Finger auf sie zeigen. Sie meint, sie allein trüge die Schuld an dem, was passiert ist. Für mich sind an der Sache zwei beteiligt: mein Vater und das Schicksal.

Man macht sich immer große Sorgen um die Zukunft, völlig unnötig, denn vielleicht hat man ja gar keine. Wer weiß schon, ob er erst in zehn Tagen, morgen oder im nächsten Augenblick ins Gras beißt. Das gehört zu den Dingen, die man nicht vorhersehen kann. Mit letzter Mahnung oder Aufschub ist da nichts. Anders als bei einer unbezahlten Stromrechnung. Wie bei unserem Nachbarn Monsieur Rodriguez aus dem zwölften Stock, der noch den Krieg mitgemacht hat. Der ist vor kurzem gestorben. Er war alt, okay, aber unerwartet kam es trotzdem.

Ab und zu mache ich mir Gedanken über den Tod. Manchmal träume ich sogar davon. Eines Nachts nahm ich an meiner eigenen Beerdigung teil. Es war kaum jemand gekommen. Nur meine Mutter, Madame Burlaud, Carla, die Portugiesin, die in unserem Haus die Aufzüge putzt, Leonardo DiCaprio aus *Titanic* und meine Freundin Sarah, die nach Trappes gezogen ist, als ich zwölf war. Mein Vater war nicht da. Bestimmt musste er sich um seine Dorfmatrone kümmern, die mit seinem zukünftigen Momo schwanger ging, während ich, so was Blödes aber auch, gestorben war. Zum Kotzen. Ich bin sicher, sein Sohn wird strohdumm sein, noch dümmer als Rachid der Schweißer. Ich hoffe sogar, dass er humpelt, schlecht sieht und in der Pubertät überall Akne kriegt. Und in ihrem abgelegenen Kaff wird es weder Biactol noch Clearasil geben, um die Pickel wieder loszuwerden. Höchstens auf dem Schwarzmarkt, aber da muss man sich schon clever anstellen. Auf alle Fälle wird er ein Versager, das steht fest. In dieser Familie wird die Dummheit vom Vater auf den Sohn übertragen. Mit sechzehn wird er auf dem Markt Kartoffeln und Rüben verkaufen. Und wenn er auf seinem schwarzen Esel heimreitet, sagt er sich: »Ich bin echt ein toller Typ.«

Ich möchte später gern einen richtig coolen Job haben, ich weiß nur nicht genau was ... Das Problem ist, dass ich in der Schule keine Leuchte bin. Nur in Kunst bin ich so einigermaßen. Besser als nichts, aber für die Zukunft wird es mir wohl nicht viel bringen, getrocknete Blätter auf Zeichenpapier zu kleben. Ich habe jedenfalls keine Lust, an der Kasse einer Fast-Food-Kette zu landen, die ganze Zeit zu lächeln und die Kunden zu fragen: »Und zu trinken? Normal oder maxi? Zum Hieressen oder zum Mitnehmen? Für oder gegen Abtreibung?«

Und nachher muss ich mich von meinem Chef noch blöd anmachen lassen, nur weil ich einem nett lächelnden Kunden zu viel Pommes frites gegeben habe ... Aber wer weiß: Vielleicht wäre das ja der Mann meines Lebens gewesen. Ich hätte ihm einen Freundschaftspreis gemacht, er hätte mich ins Steakrestaurant eingeladen, um meine Hand angehalten, und wir wären in seiner schicken Fünfzimmerwohnung glücklich geworden.

Wir haben jetzt Gutscheine vom Sozialamt bekommen. Zum Glück, so muss ich wenigstens nicht zur Kleiderkammer in der Stadt gehen, das ist immer so peinlich. Als ich mal mit meiner Mutter da war, haben wir am Eingang Nacéra getroffen, diese alte Hexe. Die kennen wir schon lange. Wenn es uns ganz dreckig geht, leiht Mama sich Geld von ihr. Ich kann sie nicht leiden. Ihr fällt immer ausgerechnet dann wieder ein, dass wir ihr Kohle schulden, wenn jede Menge Leute dabei sind. Nur um meine Mutter zu blamieren. Diese Nacéra trafen wir also in der Kleiderkammer. Mama war das sehr unangenehm, aber die blöde Kuh schien sich regelrecht zu freuen.

»Na, Yasmina, bist du hier, um was zu holen?«

»Ja ...«

»Ich bin hier, um was abzugeben!«

»Allah wird es dir vergelten.«

Pfff ... Ich hoffe, Allah wird der alten Schachtel gar nichts vergelten, außer ihre Gemeinheit. Am Ende sind wir wieder nach Hause gefahren ohne irgendwas mitzunehmen, weil meine Mutter nicht aus Versehen Klamotten von der dummen Ziege erwischen wollte. Dann hätte sie noch einen Grund mehr gehabt, ihr Maul aufzureißen, so nach dem Motto: »Huch, das ist ja mein Rock, den du da anhast!« Ich war stolz auf meine Mutter. Das ist echte Würde, so was lernt man nicht in der Schule.

Wo wir schon gerade beim Thema Schule sind: In Bürgerkunde muss ich einen Aufsatz über den Begriff Respekt schreiben. Das hat uns Monsieur Werbert als Hausaufgabe aufgedrückt. Für einen

Lehrer ist der eigentlich ganz nett, aber ich rede nicht gern mit ihm, weil ich immer das Gefühl habe, ich tue ihm Leid, und das mag ich nicht. Das ist wie in der Kleiderkammer, wenn wir die Alte um eine Plastiktüte für die Pullis bitten, die wir uns ausgesucht haben, und sie uns mit feuchten Augen ansieht. Dann haben wir jedes Mal große Lust, ihr die Pullis zurückzugeben und abzuhauen. Mit Monsieur Werbert ist es so ähnlich. Er hält sich für einen großen Wohltäter. Er sagt, ich kann immer zu ihm kommen, wenn mir danach ist … Nur für sein gutes Gewissen und damit er anschließend in einer megaschicken Pariser Bar seinen Kumpels erzählen kann, wie schwierig es ist, in der Banlieue zu unterrichten. Würg.

Was soll ich mir zum Thema Respekt schon groß aus den Fingern saugen? Den Lehrern sind die Hausaufgaben doch völlig egal. Ich bin sicher, dass sie da nicht mal reingucken. Sie schreiben einfach nach Gefühl irgendeine Note drunter, heften die Kopien ab und machen es sich wieder bei ihren beiden Kindern auf dem Ledersofa bequem: Pamela, zehn Jahre, die mit ihrer Spülmaschinen-Barbie spielt, und Brandon, der gerade seinen Popel frisst. Nicht zu vergessen Marie-Hélène, die soeben das Essen beim Partyservice bestellt hat, weil sie sich nicht aufraffen kann, das Abendbrot zuzubereiten, und gerade in der *Femme actuelle* einen spannenden Artikel über Haarentfernung mit Wachs liest. Na bitte, da hätten wir ja schon ein Beispiel für mangelnden Respekt. Haarentfernung mit Wachs ist schmerzhaft und Schmerzen zu verursachen ist ein Mangel an Respekt.

Aber ich will die Schule sowieso schmeißen. Ich hab die Nase voll. Mich ödet alles nur an und mit den Leuten da habe ich auch nichts am Hut. Eigentlich gibt es nur zwei Menschen, mit denen ich wirklich reden kann. Madame Burlaud und Hamoudi, das ist einer von den Großen hier in der Cité du Paradis. Er ist wohl so um die achtundzwanzig, hängt den ganzen Tag in den Hauseingängen unserer Siedlung rum und kannte mich schon, als ich noch so klein war »wie ein Stück Shit«.

Hamoudi raucht einen Joint nach dem anderen. Er ist eigentlich immer auf irgendeinem Trip, und ich glaube, gerade darum mag ich ihn. Wir haben beide nicht viel übrig für den Rest der Welt. Wenn ich vom Einkaufen komme, unterhalten wir uns manchmal unten im Haus. Er sagt immer: »Nur fünf Minuten«, und dann reden wir doch wieder eine oder zwei Stunden lang. Vor allem er. Oft sagt er mir dann Gedichte von Arthur Rimbaud auf. Oder zumindest die paar Verse, an die er sich erinnert, denn das Dope ruiniert einem das Gedächtnis. Obwohl ich nicht viel davon verstehe, mag ich es, wenn Hamoudi mit den Gesten und dem Akzent eines Vorstadt-Rowdys Gedichte rezitiert.

Es ist ein Jammer, dass er nicht weiter zur Schule gegangen ist. Daran war das Gefängnis schuld. Er hat mir mal erzählt, dass er von seinen Kumpels in so eine dumme Sache reingezogen wurde, mehr will er dazu nicht sagen – »Dafür bist du noch zu jung.« Als er wieder rauskam, hat er einfach alles sausen lassen, obwohl er schon so weit gekommen war. Beinahe bis zum Abitur. Wenn ich dann sehe, wie die Bullen Hamoudi unten im Haus filzen und ihn »Idiot« oder »Abschaum« nennen, sage ich mir, dass diese Typen keine Ahnung von Poesie haben. Wäre Hamoudi ein bisschen älter, hätte ich ihn total gerne als Vater gehabt. Als er erfuhr, was bei uns los war, hat er lange mit mir geredet. Er baute seinen soundsovielten Joint und sagte: »Nichts ist so heilig wie die Familie.« Er weiß, wovon er redet: Er hat acht Geschwister und fast alle sind verheiratet. Aber Hamoudi sagt, er scheißt aufs Heiraten, wozu denn heiraten, das ist doch nur eine weitere Verpflichtung, als hätte man davon nicht schon genug. Recht hat er. Nur dass ich eh keine richtige Familie mehr habe, nur noch eine halbe.

Mir war langweilig, also beschloss ich, Metro zu fahren. Nur so, ohne Ziel, weil ich Metrofahren spannend finde. Es macht einfach Spaß, so viele Gesichter zu sehen. Ich bin die ganze Strecke der Linie 5 abgefahren, von einer Endstation zur anderen.

An einer der ersten Haltestellen stieg ein Rumäne mit einer abgewetzten Kunstlederjacke und einem grauen Hut ein. Er hatte ein dreckiges altes Akkordeon dabei, die Tasten, die er nie benutzte, waren ganz schmierig. Er spielte Stücke von früher, wie man sie in manchen französischen Filmen hört oder in den bescheuerten Dokumentationen, die spätabends im Fernsehen kommen. Das war nett, er hat unterwegs gut für Stimmung gesorgt. Selbst die verklemmtesten Fahrgäste haben heimlich mit dem Fuß gewippt. Außerdem unterstrich der Zigeuner noch jede Bewegung seines Instruments mit dem Kopf und grinste so breit, dass man all seine Zähne sah, zumindest die, die ihm noch geblieben waren. Er sah aus wie eine Zeichentrickfigur, ein bisschen wie die Katze aus *Alice im Wunderland*.

Ich stellte mir vor, dass er in einem Wohnwagen lebt, der Nachfahre einer großen Dynastie von Nomaden ist, die aller Herren Länder bereist haben; dass er vorübergehend auf einem improvisierten Campingplatz haust, irgendwo auf dem Brachland rings um Paris; dass er eine hübsche Frau namens Lucia (wie der Mozzarellakäse) hat, mit langem schwarzem Haar, das ihr in schönen Locken den Rücken hinunterfällt. Die beiden haben auf einem weiten Strand an der spanischen Küste geheiratet, an einem riesigen Lagerfeuer, dessen rote Flammen in der Nacht tanzten. So muss es gewesen sein. Wenn er in einen anderen Wagen umstieg, folgte ich ihm, um weiter die poetischen Klänge seines Akkordeons genießen zu können. Aber am Schluss wurde es dann ziemlich peinlich für mich. Er kam mit seinem Pappbecher voll Kleingeld auf mich zu und ich hatte nichts dabei. Also tat ich etwas ganz Schäbiges, was sonst nur Geizkragen tun, die nichts geben wollen. Als der gute Mann anrückte, wandte ich den Kopf ab, als würde ich ganz interessiert den Bahnsteig gegenüber betrachten. Und auf dem Bahnsteig gegenüber passierte in diesem Moment zufällig gar nichts.

Wenn ich im Mittwochslotto den Jackpot knacke, schenke ich ihm ein wunderschönes Wohnmobil mit allem Drum und Dran, das schönste auf dem ganzen Campingplatz. So eins, wie man sie beim Sonntagsfinale bei *Der Preis ist heiß* als Superpreis gewinnen konnte.

Und dann kaufe ich mir neue Handschuhe für den Winter, ohne Löcher, in meine zieht nämlich die kalte Luft rein. Der linke hat ein Loch am Mittelfinger. Eines Tages wird der mir noch mal Ärger machen. Und dann bringe ich Mama zur Maniküre. Als Madame Dingsbums, die Sozialarbeiterin, neulich davon sprach, wusste meine Mutter nicht mal, was das ist. Sie betrachtete ihre Fingernägel, die von den Putzmitteln *made in Tschernobyl* ganz kaputt sind, und verglich sie mit denen von Madame Sowieso: super gepflegt, super gefeilt, super lackiert. Die hat vielleicht eine Show abgezogen! Sie kratzte sich sogar mit dem kleinen Finger am Augenwinkel und hatte dabei den Mund leicht geöffnet, wie im Fernsehen, wenn sich ein Mädchen die Wimpern tuscht. Nur um meiner Mutter, die nicht mal weiß, was Maniküre ist, ihre perfekten Nägel zu zeigen. Am liebsten hätte ich sie ihr einzeln ausgerissen.

Wie auch immer, als ich aus der Metro ausstieg, kam ich an zwei Pakistanis vorbei, die heiße Maronen und gebrannte Mandeln verkauften. Sie riefen immer dasselbe: »Heiße Maronen und gebrannte Mandeln zum Aufwärmen!« Das sangen sie mit ihrem pakistanischen Akzent ununterbrochen im Chor. Dieser Satz grub sich so in mein Gehirn ein, dass ich ihn noch abends, als ich für Mama Reis kochte, vor mich hersang.

Freitag. Mama und ich sind bei Tante Zohra zum Couscous eingeladen. Wir haben frühmorgens den Zug genommen, damit wir den ganzen Tag bei ihr verbringen können. Es ist ganz schön lange her, dass wir irgendwo eingeladen waren.

Tante Zohra ist nicht meine richtige Tante, aber weil Mama sie schon so lange kennt, nenne ich sie aus Gewohnheit so. Früher waren sie immer zusammen beim Schneidern. Dann ist Tante Zohra nach Mantes-la-Jolie umgezogen. Meine Mutter hatte sich zu dem Nähkurs am Mittwochnachmittag angemeldet, weil dort praktisch nur Frauen aus dem Maghreb teilnahmen und sie diese Plauderstündchen hinter den Singer-Nähmaschinen aus den Achtzigern ein bisschen an ihr Dorf erinnerten.

Tante Zohra hat große grüne Augen und lacht die ganze Zeit. Sie kommt aus dem Westen von Algerien, aus der Gegend von Tlemsen. Dazu gibt es eine lustige Geschichte: Sie kam am 5. Juli 1962 auf die Welt, dem Unabhängigkeitstag Algeriens. In ihrem Dorf war sie jahrelang das Symbol der Freiheit. Sie war das Baby, das Glück brachte, deshalb wurde sie auch Zohra genannt. Das heißt »Glück« auf Arabisch.

Ich mag sie sehr, denn sie ist eine richtige Frau. Eine starke Frau. Ihr Mann war früher beim Hoch- und Tiefbau und hat in seiner Heimat eine zweite Frau geheiratet, nun lebt er sechs Monate dort unten und sechs Monate in Frankreich. Ist das eine neue Mode oder was? Sobald die alten Knacker in Rente gehen, beginnen sie ein neues Leben und heiraten eine Jüngere. Der einzige Unterschied ist, dass der Mann von Tante Zohra Maß zu halten weiß. Er spielt wenigstens den Teilzeitgatten …

Tante Zohra scheint es nicht viel auszumachen, ihren Mann nur sechs von zwölf Monaten zu sehen. Sie sagt, ohne ihn hat sie ihre Ruhe und kann sich amüsieren. Und dann flüsterte sie Mama noch kichernd zu, ein Mann in diesem Alter sei ohnehin zu nichts mehr zu gebrauchen. Erst hab ich nicht verstanden, was sie meinte. Dann konnte ich es mir denken.

Ich hab mich ein bisschen zu den Söhnen von Tante Zohra gesetzt, Réda, Hamza und Youssef. Sie haben fast nur mit dem Computer gespielt, und zwar so Spiele, wie man sie in Reportagen über »Kinder und Gewalt« sieht.

Im Wesentlichen ging es darum, mit dem Auto einen Geschwindigkeitsrekord hinzulegen und nebenbei möglichst viele Fußgänger platt zu machen. Bei Kindern oder alten Damen gab es Bonuspunkte. Ich kenne die Jungs, seit ich klein bin, aber jetzt rede ich kaum noch mit ihnen. Deshalb war die Atmosphäre etwas angespannt, wir hatten uns nichts zu sagen. Sie haben sich sogar ein bisschen über mich lustig gemacht. Sie verglichen mich mit Bernardo aus *Zorro*, dem Kleinen, der ziemlich blöd aussah und Zorro jedes Mal mit Handzeichen warnte, wenn irgendwo eine Gefahr lauerte. Der arme Kerl war stumm.

Zwischendurch hörte ich Mama und Tante Zohra über meinen Vater sprechen. Mama sagte, für das, was er seiner Tochter angetan habe, käme er zur Strafe nicht ins Paradies. Meiner Ansicht nach kommt er auch für das, was er Mama angetan hat, nicht ins Paradies. Der Türsteher vom Paradies wird ihn nicht reinlassen. Er wird ihn gleich wieder wegschicken. Es nervt mich, dass sie immer noch über ihn reden. Er ist nicht mehr da. Wir sollten ihn ein für alle Mal vergessen und Schluss.

Das Besondere an Tante Zohras Couscous sind die Kichererbsen und die leckere Art, wie sie den Grieß zubereitet. Ich finde Tante Zohra sehr lustig. Sie ist schon über zwanzig Jahre in Frankreich und spricht immer noch so, als wäre sie erst vor einer Woche auf dem Flughafen von Orly gelandet.

Einmal, es ist schon lange her, erzählte sie meiner Mutter, sie habe Hamza beim »Krater« angemeldet. Mama verstand kein Wort. Ein paar Tage später brach sie zu Hause plötzlich in schallendes Gelächter aus, als ihr dämmerte, was Tante Zohra ihr hatte sagen wollen: Sie hatte Hamza beim Karate angemeldet ... Selbst ihre eigenen Söhne lachen über sie. Sie sagen, sie macht einen Remix aus der Sprache Molières, und nennen sie »DJ Zozo«.

Als es Abend wurde, brachte Youssef uns mit dem Auto nach Hause. Er legte eine Kassette mit Rap ein und auf der ganzen Fahrt sprach niemand ein Wort. Mama sah nachdenklich aus. Sie hatte den Kopf zum Fenster gewandt und starrte ins Leere. Wenn wir anhielten, betrachtete sie die rote Ampel, ohne den Blick abzuwenden. In Gedanken war sie wohl wieder mal ganz woanders.

Youssef fährt schnell, er ist groß und er ist sehr schön.

Als wir klein waren, gingen wir in dieselbe Grundschule; er verteidigte mich immer, weil ich keinen Bruder hatte und er »einer von den Großen« war. Ich erinnere mich, dass wir zusammen die Aktion »Ein Reiskorn rettet ein Leben« durchführten, als in den neunziger Jahren in Somalia eine Hungersnot herrschte. Er hatte mir eingeredet, dass dieser Slogan wahr wäre und dass jedes Reiskorn, das wir dorthin schickten, tatsächlich ein Menschenleben rettete. Ich war überglücklich, mit der 500-Gramm-Tüte Reis, die Mama mir gekauft hatte, so viele Leben gerettet zu haben. Es hätte nicht viel gefehlt und ich hätte die einzelnen Reiskörner in der Tüte nachgezählt, um genau zu wissen, wie viele Somalier dank meiner Großzügigkeit nicht verhungern mussten. Ich hielt mich für Wonderwoman. Aber seine Geschichte war natürlich gelogen. Das nehme ich ihm heute noch übel … Ich habe übrigens nie erfahren, ob meine Reistüte jemals ihren Bestimmungsort erreicht hat.

Als wir vor unserem Haus ankamen, bedankte Mama sich bei Youssef und er fuhr gleich wieder los. Unser Hausmeister scheint sich nicht groß um den Zustand der Gebäude zu kümmern. Zum Glück macht Carla, die portugiesische Putzfrau, ab und zu ein bisschen sauber. Aber wenn sie nicht kommt, ist es wochenlang richtig widerlich. So wie neulich, da hatte jemand in den Aufzug gepinkelt und gerotzt, und es stank tierisch, aber wir waren froh, dass er überhaupt funktionierte. Zum Glück wissen wir, wo sich die Tasten für die einzelnen Stockwerke befinden, denn das Schild ist völlig zerkratzt und zerschmolzen. Irgendwer hat es mit dem Feuerzeug angekokelt.

Der Hausmeister ist offenbar ein Rassist. Das sagt jedenfalls Hamoudi. Keine Ahnung, ich habe nie ein Wort mit ihm gewechselt. Ich finde ihn ein bisschen unheimlich. Er kneift immer die Augenbrauen zusammen, so dass es aussieht, als hätte er eine Elf mitten auf der Stirn.

Hamoudi hat mir erzählt, dass er vor langer Zeit, bevor er Hausmeister in unserem Block wurde, in Algerien im Krieg war, in der Heimat von Tante Zohra. Vielleicht hat er deshalb keine Ohrläppchen mehr und an der linken Hand keinen Daumen. Für ihn ist der Krieg wohl immer noch nicht vorbei, und ich glaube, für viele andere Leute in diesem Land ist das auch so …

Madame Burlaud hat mir da so eine Sache vorgeschlagen: Ich soll an einem Skiurlaub teilnehmen, den die Stadt organisiert. Sie hörte gar nicht davon auf, meinte, das würde mir gut tun, ich würde viele neue Leute kennen lernen und mal Abstand von diesem Viertel bekommen. Das könnte mir helfen, mich ein bisschen zu öffnen.

Ich will da nicht mitfahren, ich hab keine Lust, meine Mutter allein zu lassen, auch wenn es nur für eine Woche ist. Und dann auch noch eine Gruppenreise, mit Leuten, die ich mir nicht selber aussuchen kann – kommt gar nicht in Frage! Schon die Fahrt würde ich im Traum nicht machen wollen. Acht Stunden in einem nach Kotze stinkenden Bus, in dem Hits aus den Achtzigern gegrölt werden und der jede halbe Stunde eine Pinkelpause einlegt, nein danke!

Erst dachte Madame Burlaud, ich wollte wegen des Geldes nicht mitfahren. »Darüber haben wir doch schon geredet. Deine Mutter wird das nichts kosten, da musst du dir keine Sorgen machen …« Skifahren ist doch Scheiße. Das sieht aus, als würde man im Stehen eine Rutschbahn runtersausen, mit einer Mütze und einem grellen, engen Anzug an. Das weiß ich, weil ich im Fernsehen mal Skiwettrennen gesehen habe.

Madame Burlaud fährt bestimmt jedes Jahr in den Skiurlaub, aber ohne Ski zu fahren. Dann sitzt sie mit ihrer rosafarbenen Bommelmütze auf der Terrasse, trinkt eine heiße Schokolade und sonnt sich, während ihr Mann mit einer Wegwerfkamera Fotos knipst. Hat sie überhaupt einen Mann? Die Frage habe ich mir nie gestellt. Das ist ja das Ätzende an Psychologen, Psychiatern, Psychoanalytikern und allen anderen, die mit »Psy« anfangen: Sie wollen, dass du ihnen dein ganzes Leben erzählst, aber selber verraten sie dir nichts. Madame Burlaud weiß Sachen über mich, von denen nicht mal ich etwas ahne. Da vergeht einem echt die Lust, mit ihnen zu reden. Das ist doch nicht fair.

Unsere Sozialarbeiterin ist da ganz anders, die lässt sich nicht lange bitten, einem ihr Leben zu erzählen. Mama hat mir gesagt, dass sie bald heiratet. Keine Ahnung, warum sie ihr das unbedingt auf die Nase binden musste. Es interessiert uns einen Scheiß, dass sie heiratet. Prima, schön für sie, wir haben es begriffen, kein Grund, so einen Zirkus zu veranstalten. Andererseits könnte das ja der Grund sein, warum sie die ganze Zeit lächelt. In Zukunft wird mich das nicht mehr ganz so nerven.

Wer weiß, vielleicht bin ich ja nur neidisch. Als ich klein war, habe ich meinen Barbiepuppen die Haare ausgerissen, weil sie blond waren, und die Brüste habe ich ihnen auch abgeschnitten, weil ich noch keine hatte. Dabei waren es nicht einmal echte Barbies, sondern nur billige Kopien, die meine Mutter bei Giga Store für mich kaufte. Der totale Schrott. Nach zwei Tagen sahen sie aus wie Kriegsversehrte. Sogar ihr Name war Kacke: Françoise. Nicht gerade ein Name, bei dem kleine Mädchen ins Träumen geraten! Françoise heißen die Puppen von kleinen Mädchen, die keine Träume haben.

Als ich jünger war, träumte ich davon, einen Typen zu heiraten, neben dem alle anderen wie Schlappschwänze wirken. Ich wollte keinen von diesen Normalos, die zwei Monate für den Aufbau eines Ikearegals oder die Fertigstellung eines fünfundzwanzigteiligen Puzzlespiels »ab 5 Jahren« brauchen. Ich sah mich eher an der Seite von MacGyver. Bei einem Typen, der in der Lage ist, ein verstopftes Klo mit einem Plastikstrohhalm oder den Fernseher mit einem Kuli zu reparieren, und der dir mit einem einzigen Atemhauch eine Föhnfrisur verpasst. Ein Schweizer Messer in Menschengestalt.

Ich wünsche mir eine Superhochzeit, eine Wahnsinnszeremonie, ein weißes Kleid aus Spitze, einen schönen Schleier und eine Schleppe von mindestens fünfzehn Metern. Überall stehen Blumen und weiße Kerzen. Hamoudi soll mein Trauzeuge sein, und die drei kleinen Schwestern von der Elfenbeinküste, die immer unten vor dem Haus Gummitwist springen, die Brautjungfern.

Das einzige Problem ist, dass mich dieser Vollidiot von Vater zum Altar führen müsste. Und da er im entscheidenden Moment nicht erscheinen wird, müssen wir das Ganze abblasen. Die Gäste nehmen ihre Hochzeitsgeschenke wieder mit und packen sich am Buffet was für zu Hause ein. Ist auch egal, bevor ich mir Gedanken um die Hochzeit mache, muss ich ohnehin erst mal einen Bräutigam finden.

In unserer Generation haben wir das Glück, selber aussuchen zu können, wen wir unser Leben lang lieben wollen. Oder ein Jahr lang. Kommt auf das Paar an. Ich habe neulich im Fernsehen so ein Magazin gesehen, in dem es um das Thema Scheidung ging. Der Moderator sagte, dass sich immer mehr Paare trennen. Also, wenn man mich fragt, sind daran nur Serien wie *Reich und schön* schuld. Da heiraten alle mindestens einmal quer untereinander, wenn nicht zweimal. Das sind unglaubliche Geschichten. Meine Mutter verfolgt dieses Durcheinander seit der ersten Staffel. Die Mädels hier aus der Siedlung verpassen auch keine Folge. Sie treffen sich in der Grünanlage, um sich die Episoden zu erzählen, falls eine von ihnen etwas versäumt hat. Schlimmer als die peinliche Phase mit den Boygroups, auf die wir früher alle abgefahren sind. Ich weiß noch, dass mir eine Freundin ein Poster von Filip von den *2 Be 3* geschenkt hat, das sie in einer Zeitschrift gefunden hatte. Ich war überglücklich und pinnte es in meinem Zimmer an die Wand. Auf dem Foto sah Filip verdammt gut aus, er hatte ultraweiße Zähne, fast durchsichtig, und weil er obenrum nichts anhatte, sah man seinen gebräunten Waschbrettbauch, wie in den Zeichentrickfilmen. Am Abend kam mein Vater ins Zimmer. Er regte sich tierisch auf, riss das Poster von der Wand und brüllte: »So was will ich in meinem Haus nicht haben, das ist Teufelswerk, da steckt der Satan drin!« Den Teufel hatte ich mir anders vorgestellt, aber gut … Danach hing nur noch ein kleines Stück Poster mit der linken Brustwarze von Filip an der kahlen Wand.

Das Schuljahr ging genauso schlecht zu Ende, wie es angefangen hat. Zum Glück kann meine Mutter nicht lesen. Ich meine, wegen der Noten in meinem Zeugnis … Wenn mich irgendwas nervt, dann sind es Lehrer, die in ihrer Beurteilung auch noch originell sein wollen. Resultat: eine beknackter als die andere … Die blödeste, die ich je bekommen habe, war die von Nadine Benbarchiche, die Physik und Chemie unterrichtet: »Miserabel, zum Verzweifeln, diese Schülerin treibt einen zur Kündigung oder in den Selbstmord.« Sie meinte es sicher lustig. Ich finde, sie hat ein bisschen dick aufgetragen. Gut, ich bin keine Leuchte, aber man muss ja nicht gleich übertreiben. Was soll's, die Frau ist sowieso absolut daneben: Sie trägt Stringtangas. Ansonsten bekomme ich immer wieder dieselben Beurteilungen: »wirkt abwesend« oder »scheint in Gedanken woanders« oder, was schlimmer ist, herzzerreißende Appelle wie »Kommen Sie zurück auf die Erde!«. Die Einzige, die mal was Nettes geschrieben hat, war Madame Lemoine, meine Zeichenlehrerin, Verzeihung: Lehrerin für Kunsterziehung. Sie bescheinigte mir »ein gewisses gestalterisches Talent« … Ja, gut, das hat nicht viel zu sagen, aber trotzdem fand ich es nett.

Trotz meines gestalterischen Talents schlug eine Freundin meiner Mutter vor, ihr Sohn könnte mir bei den Hausaufgaben helfen. Sie war überzeugt, dass ich dann nur noch gute Noten hätte, weil ihr Sohn Nabil ein Genie ist. Ich habe festgestellt, dass das viele arabische Mütter von ihren Söhnen denken. Aber Nabils Mutter geht wirklich zu weit. Sie hält ihn für den Einstein der Pariser Bronx und sagt das auch jedem, der es nicht hören will. Er bildet sich Gott weiß was drauf ein, dass er eine Brille trägt und ein bisschen was von Politik versteht. Wahrscheinlich kann er gerade mal eben zwischen links und rechts unterscheiden. Zum Glück hat meine Mutter nicht gleich zugesagt. Sie benutzte den *Inschallah*-Joker. Das heißt weder ja noch nein. Die eigentliche Übersetzung lautet: »Wenn Allah es will«. Aber ob Allah es will oder nicht, weiß man nie so genau …

Nabil ist eine Null. Er hat Akne, und als er kleiner war, ließ er sich in der Schule immer das Pausenbrot wegnehmen. Das geborene Opfer. Ich mag lieber Helden, wie in den Filmen, Männer, von denen alle Mädchen träumen … Al Pacino hat sich bestimmt nicht sein Pausenbrot klauen lassen. Eher zieht der die Maschinenpistole und jagt dir den Daumen weg, so dass du abends vor dem Einschlafen nicht mehr dran nuckeln kannst. Finito.

Seit ein paar Wochen kommt also Nabil hin und wieder zu Besuch, um mir bei den Hausaufgaben zu helfen. Der Kerl redet wie ein Wasserfall! Er glaubt, er hätte von allem Ahnung. Letztes Mal hat er sich über mich krankgelacht, weil ich *Zadig* für eine Reifenmarke hielt. Wer liest schon freiwillig Voltaire? Eine Dreiviertelstunde hat er sich darüber amüsiert … Als er merkte, dass ich das überhaupt nicht komisch fand, meinte er: »He, halb so wild, ist doch nicht schlimm, es kann ja nicht nur Intellektuelle geben …« Sehr witzig. Seine Mutter hat ihn mir wahrscheinlich aufgedrückt, weil sie ihn loswerden wollte …

Na ja, aber ich gewähre Nabil mildernde Umstände: Jeden Tag so eine Mutter um sich zu haben, ist bestimmt nicht einfach. Sie hängt ihm ständig auf der Pelle. Erst dachte ich, sein Vorname wäre »Mainsoon«, weil sie das die ganze Zeit sagte und ihm dabei den Kopf tätschelte. Vermutlich belauert sie ihn von morgens bis abends und will alles über seine Freundinnen, sein Liebesleben und so weiter wissen. Na gut, er hat kein Liebesleben, aber trotzdem ist es das Letzte. Als er noch kleiner war, kam sie sogar in der Schulpause, um ihm Butterkekse durch den Zaun zu reichen. Hier in der Siedlung sagen alle, dass bei ihnen zu Hause der Vater die Mutter ist, und machen sich dauernd über ihn lustig: »He, Nabil! Dein Vater wäscht Geschirr ab und deine Mutter hat die Hosen an!«

Ist euch was aufgefallen? Ich mache es schon genauso wie die Rechtsanwälte in den amerikanischen Filmen. Wenn die einen Serienmörder verteidigen, der Frauen vergewaltigt und zerstückelt hat, erzählen sie erst mal seine ganze unglückliche Kindheit. Dann kriegen die Richter fast Mitleid mit ihm und vergessen, dass immer noch der Oberschenkel von Olivia, sechzehn Jahre, in seiner Tiefkühltruhe liegt …

Ganz im Gegenteil, ich finde, gerade Nabil müsste besonders nett zu anderen Menschen sein. Eben weil seine Mutter sein Leben so versaut hat und er mit elf die Biografie von Jesus lesen musste.

Ich weiß nicht, ob ich später mal Kinder haben will oder nicht. Jedenfalls würde ich sie niemals zwingen, die Biografie von Jesus zu lesen, sie müssten auch nicht ihren Teller leer essen oder alten Leuten »Guten Tag« sagen, wenn sie keine Lust dazu haben.

Wie gesagt, falls ich überhaupt Kinder kriege. Unser Biologielehrer hat uns in der neunten Klasse nämlich Bilder von einer Geburt gezeigt, das hat mich ernsthaft abgeschreckt.

Letzten Montag habe ich mit Madame Burlaud darüber gesprochen, aber in dieser Sitzung war sie irgendwie komisch. Sie hörte gar nicht richtig zu und sah besorgt aus. Ich frage mich, ob sie zu einem Psychologen geht. Das sollte sie, es würde ihr gut tun …

Außerdem dreht sie gerade wirklich ein bisschen ab. Sie lässt mich mit Knete spielen. Die Figuren, die ich herstelle, haben mit nichts Ähnlichkeit, aber sie ist ganz aus dem Häuschen: »Ah ja, das ist ja sehr interessant!«

»Sehr interessant« … was heißt das schon? Eine blöde Sache kann wegen ihrer Blödheit interessant sein. Das ist nur wieder so ein Trick. Andererseits mag ich gerade das an Madame Burlaud: dass sie niemals urteilt. Sie nimmt einen immer ernst, sogar wenn man aus lilafarbener Knete ein Hochhaus formt.

Dann haben wir uns noch über eine Neuigkeit in meinem Leben unterhalten: Ich hatte meine erste Menstruation. Ehrlich gesagt war ich im Vergleich zu den anderen Mädchen meiner Klasse spät dran. Die Krankenschwester in der Schule sagt, das wäre Veranlagung. Veranlagung heißt, deine Mutter ist schuld. Mama bekam ihre Menstruation auch erst mit fünfzehn. Das muss ihr ganz recht gewesen sein, in ihrem Kaff gab es nicht einmal Damenbinden. Früher dachte ich, Menstruationsblut wäre blau, wie in der Werbung von Always, die immer läuft, wenn man gerade beim Abendessen sitzt.

Madame Burlaud hat mir viele Fragen gestellt. Sie schien regelrecht besessen von dem Thema Menstruation. Hat sie nie eine gehabt oder was?

Sie erklärte mir, dass viele junge Mädchen ihre erste Monatsblutung als traumatisch erleben. Sie erklärte mir auch, dass die Menstruation nur der Anfang eines Entwicklungsschubs sei, dass ich Wachstumsschmerzen in den Brüsten bekommen würde und Pickel im Gesicht. Toll! Warum nicht gleich auch noch fettige Haare, einen unförmigen Körper und stumpfe Augen, wie alle Jugendlichen? Dann kann ich ja gleich aus dem Fenster unserer Sozialwohnung springen!

Mir ist aufgefallen, dass man sich immer damit tröstet, dass es anderen noch schlechter geht als einem selbst. An jenem Abend habe ich mich damit aufgerichtet, dass ich an den armen Nabil dachte.

Jedes Jahr bereiten sich die Leute schon lange Zeit vorher auf das Straßenfest von Livry-Gargan vor. Die Eltern, die Kinder und vor allem die Tratschtanten aus dem Viertel, denn Anlass zum Klatschen bietet die Kirmes mehr als genug.

Es gab wieder eine Menge Spielbuden für Kinder, an den Fressständen roch es nach frischem Pfefferminztee und arabischem Gebäck, nach Pommes frites und gegrillten Merguez von Élie, einem Jugendbetreuer aus dem Viertel. Es gab auch eine Bühne für Musikgruppen, die nacheinander auftraten. Jugendliche aus der Siedlung legten eine Rap-Vorstellung hin. Sie hatten sogar ein paar Mädchen dabei, die mitsangen. Gut, sie begleiteten sie nur bei zwei kurzen Sätzen im Refrain und in der übrigen Zeit hüpften sie herum, die Arme in der Luft. Aber immerhin. Ein Schritt in Richtung Gleichberechtigung ...

Mama hat mich dazu gezwungen, an den Angelstand zu gehen. Um ihr eine Freude zu bereiten, habe ich es gemacht, aber es war die Hölle. Durchschnittsalter der anderen Spieler: 7,3 Jahre. Das Einzige, was ich angeln konnte, war eine zerknautschte einäugige Puppe mit roten Flecken.

Danach gingen Mama und ich uns Cheb Momo ansehen. Seit 1987 tritt er hier jedes Jahr mit demselben Musiker, demselben Synthesizer und natürlich denselben Liedern auf. Das ist gar nicht mal schlecht, so kennt wenigstens jeder irgendwann die Lieder auswendig, selbst Leute, die kein Wort Arabisch verstehen. Außerdem ist schön, dass bei Cheb Momo noch alles im Originalzustand ist, zum Beispiel seine schwarze Jacke mit den goldenen Pailletten. Er spielt den Schönling, und es funktioniert! Jedes Jahr geraten die Mädels wieder ins Schwärmen.

Auf der Kirmes lief mir Hamoudi über den Weg. Als ich ihn begrüßen wollte, sah ich, dass er ein Mädchen dabeihatte. Ich lächelte ihr zu, wie man es macht, wenn man sich aufrichtig freut, jemanden zu sehen, dabei war das Gegenteil der Fall. Hamoudi grinste mich mit seinen schlechten Zähnen an und sagte: »Doria, ähm ... das ist Karine ... äh ... Karine, das ist Doria.«

Er hörte sich total bescheuert an, als wäre er plötzlich um dreißig Jahre gealtert. Dann trug er auch noch ein furchtbar hässliches Hawaiihemd.

Ich hatte das Gefühl, ich wäre in die Familiensaga hineingestolpert, die sonntags im Fernsehen läuft. Ich war völlig durcheinander. Ich sah also das Mädchen an und sagte prompt: »Hallo, Karim ...«

Mir war gar nicht klar, was ich da sagte. Die beiden starrten mich mit großen Augen an. Sie sahen aus wie Pokémonfiguren.

Ich machte mich lieber wieder auf die Suche nach Mama, und zum ersten Mal sind wir bis zum Ende der Kirmes geblieben. In den Jahren zuvor hatte Papa uns immer aufgegabelt und nach Hause gebracht, weil er nicht wollte, dass wir uns herumtreiben. Ich durfte mir dann das Ende der Kirmes vom Wohnzimmerfenster aus ansehen.

Die Sache mit Hamoudi hat mich traurig gemacht. Ich war schon beunruhigt gewesen, weil er eine Zeit lang wie vom Erdboden verschluckt war. Darüber hatte ich sogar mit Madame Burlaud gesprochen. Und dann erscheint er auf der Kirmes mit so einer blonden Schlampe am Arm, die auf Stöckelschuhen von achtunddreißig Zentimetern herumeiert und Karim heißt. Vor dem Einschlafen gingen mir traurige Melodien durch den Kopf wie in den Werbespots von Lebensversicherungen. Außerdem hatte Hamoudi sich sorgfältig rasiert, roch nach Toilettenspray mit Lavendelduft und hatte nicht mal rote Augen. Er war ganz anders als sonst. Diese dumme Gans von Karim hat ihn total verändert. Wer weiß, vielleicht beherrscht sie schwarze Magie, irgendwie finde ich sie unheimlich. Vor allem, wie sie sich das Make-up ins Gesicht gekleistert hat. Wirklich sehr suspekt.

Meine Mutter hat mir Geschichten aus Marokko erzählt, wo der Aberglaube manchmal ganz schön für Panik sorgte. Als sie jung war, hat sich eine ihrer Nachbarinnen einen Monat vor ihrer Hochzeit im Souk die Zukunft voraussagen lassen. Danach verlor sie alle Haare und die Hochzeit musste abgesagt werden. Mit so was ist nicht zu spaßen.

Das kann jedem passieren. Schließlich hat jeder irgendwo jemanden, der ihm Böses will ... Vielleicht hat Madame Burlaud ihre Filzstifte und ihre Knete verhext, damit ich nie im Leben glücklich werde und weiter jeden Montag um 16.30 Uhr zu ihr komme, bis zu meinem Tod.

Das erinnert mich an was. Letztes Jahr hab ich die kleinen Zettel der Wahrsager gesammelt, die man an den Rolltreppen der Metro von den Hindus in die Hand gedrückt bekommt. Andere Leute sammeln Briefmarken, Postkarten oder Korken. Ich sammelte Wahrsageranzeigen.

Monsieur Kaba

Internationale Erfahrung und Reputation.
Seriös, effektiv, schnell, diskret.

Löst sämtliche Probleme, weckt und verstärkt Gefühle der Zuneigung, der Liebe, der Achtung, eheliche Treue, sozialen Aufstieg, Führerschein,

Glück, Erfolg …

Sprechstunde Montag bis Freitag von 8 bis 21 Uhr.

** Keine Erfolgsgarantie – Erstberatung: 35 Euro*

Wenn das stimmen würde, wären wir alle glücklich, und Leute wie Madame Burlaud oder Madame Dingenskirchen, die Sozialarbeiterin, hätten keine Arbeit mehr.

Ich bin sicher, dass Karim, die Blondine, sich von Typen wie Monsieur Kaba beraten lässt. So ein Mädchen kann Hamoudi überhaupt nicht gebrauchen, er sieht jetzt aus wie diese tadellosen Schleimer mit Gelfrisur, die den Leuten an der Tür Enzyklopädien andrehen wollen. Ich kenne Hamoudi. Es passt überhaupt nicht zu ihm, tadellos zu sein.

Ich lag im Bett und las in einem der Bücher, die ich unten im Haus in einem Karton gefunden habe. Vergammelte Schinken, die ich normalerweise nie anrühren würde. Kitschromane im Stil von Barbara Cartland, aber der untersten Preisklasse, mit herzzerreißenden Bildern auf dem Umschlag: ein Mann und eine Frau in leidenschaftlicher Umarmung, zwei Vollidioten vor einer Traumkulisse, wie auf den Fotos im Reisekatalog von Tati Vacances. Wenn man so ein Buch in der Metro lesen will, muss man es vorher in Packpapier einwickeln, sonst lacht sich der arrogante fette Kerl gegenüber, der mit offenem Mund überlegen seinen *Figaro* liest, über dich kaputt.

Das Buch, das ich mir ausgesucht hatte, heißt *Liebesrausch in der Sahara,* und ich muss gestehen, dass ich es in einer Nacht verschlungen habe. Es erzählt die Geschichte des Wüstennomaden Steve – schon an dieser Stelle ist klar, dass alles erstunken und erlogen ist –, und dieser Steve rettet eine junge rothaarige Lehrerin, die im Urlaub mit ihrem Dromedar verunglückt ist. Der Typ sieht aus wie Rachid und heißt Steve, aber das kümmert sie gar nicht. Sie verliebt sich in diesen Kerl, dem sie zwischen zwei Dünen begegnet und den sie überhaupt nicht kennt. Total dämlich und unglaubwürdig, voller Klischees, aber man glaubt es eben. Am Ende identifiziert man sich sogar mit dieser Geisteskranken, die unter Fieberschüben und Halluzinationen leidet, weil sie vom Kamel gestürzt ist.

Als ich gestern für Mama die Miete bezahlte, erzählte mir die Frau des Hausmeisters – das ist die Frau, die sich 1974 von ihrem Friseur eine Dauerwelle hat machen lassen, die immer noch hält –, dass eine neue Mieterin in unserer Siedlung einen Babysitter für ihre Tochter sucht. Wenn ich Interesse daran hätte, könnte ich doch zu ihr gehen und ihr meine Hilfe anbieten.

»Würdest du nicht gern ein bisschen Geld verdienen?«

Ich fand es nett, dass sie an mich gedacht hat,

stimmt doch, sie hätte es ja auch irgendeinem anderen Mädchen aus dem Viertel vorschlagen können, aber sie hat an mich gedacht. Ich nehme alles zurück, was ich je über sie gesagt habe, ihre Dauerwelle und so …

»Dann kannst du dir genauso schöne Anziehsachen kaufen wie die anderen Mädchen in deinem Alter, nicht wahr?«

In dem Moment wusste ich nicht so richtig, wie ich das verstehen sollte. Fast hätte ich darüber Nasenbluten bekommen. Sogar diese Schreckschraube von Hausmeisterin macht sich über mich lustig. Ich hätte ihr diese Bemerkung um die Ohren hauen können. Stattdessen sagte ich wie vor den Kopf geschlagen: »Ja, danke, ich gehe mal bei ihr vorbei.«

»Warte, hier fehlen noch sechs Cent, so kann ich dir keine Quittung geben.«

Alte Schachtel. Es wäre wirklich genial, ein bisschen Geld zu verdienen. Dann würden mir nie wieder sechs Cent fehlen, um die Miete zu zahlen.

Die Frau, die eine Betreuung für ihre Tochter sucht, heißt Lila und ist dreißig Jahre alt. Keine Ahnung warum, aber ich hatte sie mir älter vorgestellt. Ich hatte erwartet, dass sie bei den Galeries Lafayette arbeitet und eine prall gefüllte Tiefkühltruhe hat. In Wirklichkeit ist sie Kassiererin im Supermarkt und kocht selbst. Sie trägt einen gleichmäßig gezogenen feinen Lidstrich, hat schönes braunes Strubbelhaar, ein nettes Lächeln und einen südlichen Akzent, denn sie ist in Marseille aufgewachsen. Und sie liest haufenweise Frauenzeitschriften mit nichtssagenden Psychotests nach dem Motto »Wie besitzergreifend sind Sie?« oder »Sind Sie eine Verführerin?«.

Wir haben uns gerade mal eine Viertelstunde unterhalten. Sie wollte ein paar Dinge wissen, dann meinte sie, man könne mir am Gesicht ablesen, dass ich in Ordnung sei, und stellte mir ihre Tochter vor. Sarah ist vier Jahre alt, macht einen intelligenten, aufgeweckten Eindruck und ist total süß, dabei habe ich's sonst gar nicht so mit Kindern …

Lila hat sich vor kurzem von Sarahs Vater getrennt. Deshalb ist sie auch in unser Viertel gezogen. Sie hat mir kurz erzählt, wie das kam, und sah dabei ganz verbittert aus. Anscheinend hat er ihr alles weggenommen. Sogar die Sampler von Daniel Guichard und Frank Michael, die sie in der Schublade ihrer Kommode aufbewahrte.

»Ist es okay, wenn ich dir drei Euro die Stunde gebe?«

Sie sagte das ganz plötzlich, ich war gar nicht drauf gefasst. Tatsächlich war sie verlegen, denn sie fand drei Euro nicht viel, aber mehr konnte sie im Moment nicht zahlen. Sie hatte keine Ahnung, dass drei Euro die Stunde für mich ein wahres Vermögen sind. Also sagte ich: »Ist okay, danke.«

Und das war ein echtes Danke, wie man es nur sagt, wenn man es ehrlich meint und einem fast die Tränen kommen vor Glück.

Ich muss Sarah um 17.30 Uhr von der Spielgruppe abholen und zu Hause auf sie aufpassen, bis Lila wiederkommt. Es macht mir Spaß. Ich hätte gern mit Hamoudi darüber geredet, aber den sehe ich gar nicht mehr. Er ist wohl bei dieser blöden Karine und spielt Cluedo in ihrem kleinen Wohnzimmer voller Ikeamöbel.

Als ich Mama erzählte, dass ich einen Job als Babysitter habe, hat sie sich nicht besonders gefreut. Sie sagte, sie könne allein Geld verdienen und für uns sorgen … Sie hätte fast angefangen zu weinen. Beim Essen haben wir kein Wort miteinander gesprochen. Gar nicht wie im Film. Aber wie im wahren Leben. Und obwohl sie mir am Ende ihr Okay gab, habe ich gemerkt, dass sie eigentlich traurig war.

Im Formule 1 von Bagnolet ist im Moment ganz schön die Kacke am Dampfen. Mamas Kolleginnen sind scharenweise in den Streik getreten. Sie haben sich mit den Gewerkschaften zusammengetan, um ihren Forderungen Gehör zu verschaffen.

Verantwortlich für die Streiks im Formule 1 ist Fatouma Konaré, eine Kollegin, mit der Mama sich gut versteht. Früher dachte sie, »Fatoumakonaré« sei nur der Vorname, und fand es ziemlich lang für einen Vornamen. Fatouma hat 1991 in dem Hotel in Bagnolet angefangen. Damals konnte ich mir noch nicht mal allein die Schuhe zubinden. Sie war diejenige, die als Erste laut aussprach, dass die Frauen in dem Hotel ausgebeutet werden. Mama sagte, sie würde gern mit den Mädchen aus dem Hotel streiken, aber sie kann nicht. Fatouma und die anderen haben alle einen Mann, der sie unterstützt, aber wir sind ganz allein. Resultat: Da die meisten anderen Zimmermädchen streiken, hat Mama noch tausendmal mehr Arbeit.

Die ganze Sache muss Monsieur Schihont, diesem Oberarschloch von Chef, höllisch stinken. Geschieht ihm ganz recht. Mama sagt, er hat schon einige streikende Zimmermädchen entlassen, obwohl er das nicht darf. Er hat eine Vietnamesin gefeuert, die dieselben Arbeitszeiten hatte wie Mama, und das auch noch unter irgendeinem Vorwand. Wirklich zum Kotzen. Er wird auf schnellstem Weg in die Hölle kommen, und er wird vor Schmerz wild herumstrampeln und schreien: »Aua, wie heiß!« Wer weiß, kann sein, dass Monsieur Schihont ansonsten ein anständiger Kerl ist, der stets ein Lächeln auf den Lippen trägt, regelmäßig spendet und jeden zurechtweist, der unerlaubt auf einem Behindertenparkplatz steht.

Vielleicht hat Madame Burlaud Recht, wenn sie sagt, dass ich es nicht ertrage, wenn man über mich urteilt, und dabei selber dauernd über andere urteile. Aber was diesen Arschkeks von Monsieur Schihont angeht, ist die Chance, dass ich mich irre, äußerst gering.

In der Schule wird auch gestreikt. Es ist, als würde alles um mich herum stillstehen. Obwohl es erst ein paar Tage sind, kommt es mir vor wie eine Ewigkeit. Monsieur Loiseau, der Schulleiter, ist von einem externen Schüler angegriffen worden. Ich war nicht dabei, anscheinend hat der Typ ihm Tränengas ins Gesicht gesprüht. Er ist wirklich ein Pechvogel. Da steckt er schon mal alle Jubeljahre den Kopf aus seinem Büro, um nachzusehen, ob der Kasten noch steht, und wird prompt Opfer eines Giftgasangriffs.

Seitdem herrscht an unserer Schule das absolute Chaos. Drei Viertel der Lehrer geben keinen Unterricht mehr. Sogar Madame Benbarchiche hängt überall Plakate mit dem Schriftzug »Schluss mit der Gewalt!« oder anderen schockierenden Sprüchen auf, die es mit jeder Werbekampagne für mehr Sicherheit auf den Straßen aufnehmen können. Es ist schon lustig, wie aktiv sie seit dem Beginn des Streiks ist. Wäre nicht schlecht, wenn sie auf ihren Unterricht genauso viel Energie verwenden würde wie auf ihre Aushänge. Vielleicht ist sie ja eine Kämpfernatur. Eine militante Überzeugungstäterin. Eine Frau mit einem politischen Gewissen. Vielleicht schickt sie sogar hin und wieder einen Scheck an die Volksbewegungsunion, obwohl sie mit ihrem rabenschwarz gefärbten Haar und ihrem fuchsiaroten Lippenstift völlig unauffällig aussieht.

Der Einzige, der nicht streikt, ist Monsieur Lefèvre, der immer so spricht wie früher die Moderatoren vom Teleshop. Er hält diesen Streik für reines Affentheater; der Angriff auf Monsieur Loiseau sei nur ein willkommener Vorwand für die faulen Kollegen.

Ich finde schlimm, was da passiert ist. Ich halte Monsieur Loiseau auch nicht für den nettesten Pauker der Schule, aber trotzdem. Schlimm genug, dass Monsieur Loiseau sich schon vor der Gasattacke nur noch in seinem Büro sicher fühlte.

Jedenfalls unterstützen nur wenige Schüler den Streik. Die meisten sind wohl der Ansicht, dass er nichts bringt. Für uns ist ohnehin alles verloren …

Letzte Woche hatten wir wieder Besuch von Madame Dingsbums, der Sozialarbeiterin. Diese Frau hat echt null Feingefühl. Kaum hatte Mama ihr die Tür geöffnet, zischte sie schon durch ihre weißen, geraden Zähne: »Oje, Sie sehen ja gar nicht gut aus!«

Sie bildet sich sonst was ein, nur weil sie gerade den Gutschein über zwölf Solariumsbesuche verbraten hat, den ihr das Beauty- und Wellnessinstitut »Schöne Fresse« als Treueprämie geschenkt hat. Und dann drehte sie auch noch mindestens zehn Runden durch die ganze Wohnung, als würde sie die Katakomben besichtigen.

»Der Wasserhahn in der Küche braucht dringend eine neue Dichtung.«

Sie sagte das mit der herablassenden Art, die sie manchmal an den Tag legt. Ich frage mich, ob sie sich diesen Beruf ausgesucht hat, weil ihr das Elend anderer Leute ein Gefühl von Sicherheit gibt. Mama hatte extra für sie einen Pfefferminztee aufgebrüht, den sie kaum anrührte.

»Er ist wirklich ganz köstlich …« Sie kniff den Mund zusammen. »Allerdings ist er … ähm … ziemlich süß … Ich muss auf meine Linie achten, Sie wissen ja … Nach der Hochzeit lassen manche

Frauen sich ganz schön gehen ...« Und sie kicherte los, mit geschlossenen Augen und der Hand vor dem Mund, wie Marilyn Monroe. Für wen hält die sich eigentlich? Die blöde Kuh ist gerade mal vier Wochen verheiratet.

Mama war das egal. Sie lachte einfach mit. Ich habe das Gefühl, all dies berührt sie überhaupt nicht. Ich sah sie neben dieser Miss Frankreich für Arme sitzen und bewunderte sie. Madame Dingsbums meckert an ihrem Aussehen, an ihrem Wasserhahn und an ihrem Pfefferminztee herum, aber Mama pfeift drauf. Sie lacht und plaudert mit ihr, als wäre nichts gewesen.

Sie hat ihr sogar von dem Streik erzählt und von der Situation im Formule 1. Madame Sowieso setzte eine ernste Miene auf und schlug ihr einen Alphabetisierungskurs in einer sozialen Einrichtung in Bondy vor. Dort würde sie lesen und schreiben lernen und gleichzeitig ein Bewerbungstraining für eine neue Stelle machen. Mama müsste nichts dafür bezahlen. Die Stadtverwaltung von Livry-Gargan würde alles übernehmen.

Bevor sie ging, wühlte sie in ihrer gefälschten Vuitton-Handtasche und meinte zu mir: »Ich habe hier etwas für dich ...«

Sie sagte das mit ihrer grellen Stimme, jede Silbe einzeln betont, wie eine Geistesgestörte. Ich fühlte mich wie ein acht Monate altes Baby, dem sie ankündigt, dass sie ihm nun endlich die Windeln wechseln wird oder ein Gläschen Artischockenbrei zu essen gibt.

Stattdessen gab sie mir einen Gutschein für kostenlose Bücher. Ich habe das Gefühl, mich rückwärts zu entwickeln, weil mich alle behandeln wie eine Bedürftige. Geht doch alle zum Teufel.

Als die Tür hinter ihr ins Schloss fiel, dachte ich, das sei es für diesen Abend gewesen, aber dann klingelte das Telefon. Es war Tante Zohra – in Panik, weil die Polizei um sechs Uhr morgens bei ihr gewesen war, um Youssef zu verhaften. Sie hatten die Tür eingetreten, ihn aus dem Bett gezerrt und die Wohnung durchwühlt. Dann hatten sie ihn mit auf die Wache genommen. Jedenfalls hörte Tante Zohra gar nicht auf zu heulen. Sie vertraute Mama an, dass ihr Sohn in Drogengeschäfte und Autodiebstähle verwickelt sei. Ich glaube, sie fühlte sich verantwortlich, weil sie sich nicht genug um ihn gekümmert hatte. Am Ende des Gesprächs begann auch Mama zu weinen.

Youssef wird sicher gerade in einem muffigen, grauen Büro verhört. Dabei ist Youssef ein netter Kerl. Das ist nicht fair. Als Mama aufgelegt hatte, haben wir uns kurz darüber unterhalten, aber manchmal reichen Worte nicht aus. Dann sahen wir einfach aus dem Fenster, und das sagte alles. Der Himmel draußen war grau wie der Beton der Häuser, und es fiel ein feiner Nieselregen, als würde Allah auf uns spucken.

Schon seit einigen Nächten habe ich immer wieder denselben Traum, einen dieser seltsamen Träume, an die man sich beim Aufwachen perfekt erinnert und die man bis ins Detail erzählen kann.

Ich öffnete das Fenster und die Sonne schien mir grell ins Gesicht. Ich konnte die Augen kaum öffnen. Ich zog meine Beine auf das Fensterbrett hoch, bis ich dort oben hockte, dann flog ich mit einem Schwung davon. Ich flog höher und höher, die Hochhäuser unter mir entfernten sich und wurden immer kleiner. Ich schlug mit den Flügeln, oder vielmehr mit den Armen, und weil ich im Traum so heftig herumfuchtelte, um weiter aufzusteigen, habe ich mich tatsächlich an der linken Wand gestoßen und einen riesigen blauen Fleck. Davon bin ich aufgewacht, und ich muss sagen, es war ziemlich brutal, auf diese Weise wieder auf dem Boden der Realität zu landen.

Ich erzählte Madame Burlaud von meinem Traum. Sie sah mich mit einem Augenzwinkern an und sagte: »Ja, natürlich, verstehe ... Das passt zur Atlasepisode.« Sehr interessant. Sie nennt das allen Ernstes eine Episode. Wer weiß, vielleicht ist Madame Burlaud gar keine richtige Psychologin. Vielleicht arbeitet sie beim Kino und lässt sich von dem Mist inspirieren, den ich ihr erzähle, um eine Sitcom daraus zu basteln. Burlaud ist mit Sicherheit ein Pseudonym, ihr richtiger Name ist bestimmt so was wie Laurence Bouchard, und sie gehört zu einem Team von Drehbuchautoren, die für eine große Produktionsfirma arbeiten. So sieht es in Wirklichkeit aus … Das Konzept steht vielleicht längst und die Serie wird bald in der ganzen Welt ausgestrahlt. Sie wird sogar für die Japaner synchronisiert. Und ich bekomme keine Beteiligung und nichts, bin nur einer der Millionen Fans, anonym und angeschmiert wie alle anderen.

Die Atlasepisode … ich weiß nicht mal, warum ich ihr davon erzählt habe. Und ebenso wenig weiß ich, warum ich ihr den ganzen Rest erzähle. Es war einer dieser Tage, an denen ich mich zu Tode langweilte. Also ging ich in die Rumpelkammer und kramte meinen alten Schulatlas hervor.

Eine Rumpelkammer ist wie ein Dachboden, nur kleiner und meistens im Flur. Sie dient dazu, irgendwelchen Blödsinn anzuhäufen, den man nie benutzt.

Jedenfalls hab ich den Atlas bei der Weltkarte aufgeschlagen, da wo die ganze Erdkugel auf zwei Seiten passt. Und da mich wirklich alles anödete, zeichnete ich eine Reiseroute ein. Diesen Weg wollte ich später einmal machen, vorbei an den schönsten Orten der Welt. Na ja, ich habe ihn nur mit Bleistift eingezeichnet, es hätte Ärger mit Mama gegeben, wenn sie gesehen hätte, dass ich mit dem Kuli in einem neuen Buch herumkritzele. Auf alle Fälle hab ich mir eine richtige Route vorgenommen, auch wenn ich noch ganz am Ausgangspunkt bin und dieser Ausgangspunkt Livry-Gargan heißt.

Aber ich weiß nicht, ob Mama es o.k. fände, wenn ich einfach so abhaue. Dann wäre niemand mehr da, um *Reich und schön* für sie aufzunehmen. Und auch niemand, der Sarah vom Spielkreis abholt, und Lila würde ganz schön in der Klemme stecken und müsste sich einen anderen Babysitter suchen. Das erinnert mich daran, dass es doch ein paar Leute gibt, die mich brauchen, und das ist ein gutes Gefühl.

Manchmal habe ich keinen größeren Wunsch, als jemand anders zu sein, an einem anderen Ort und vielleicht sogar in einer anderen Zeit. Ich stelle mir oft vor, ich wäre ein Mitglied der Familie Ingalls in *Unsere kleine Farm*.

Die Szenerie:
Der Papa, die Mama, die Kinder, der Hund, der nicht beißt, die Scheune und zum Kirchgang am Sonntagmorgen Schleifen im Haar. Das ist Glück ... Die Geschichte spielt in einer ganz anderen Welt, neunzehntes Jahrhundert oder so, mit Petroleumlampen, den ersten Eisenbahnen, vorsintflutlicher Kleidung ... Was ich am meisten an ihnen mag: Wenn mal eine Katastrophe eintritt, bekreuzigen sie sich, dann weinen sie kurz, und in der nächsten Episode ist alles vergessen und vorbei ... Das ist Kino.

Aber die Ingalls sind immer noch besser angezogen als ich, echt peinlich. Obwohl sie in einem winzigen Scheißkaff leben und der Vater ein dicker Bauer ist. Schon das Sweatshirt, das ich gerade anhabe, würde nicht mal Abbé Pierre freiwillig nehmen. Einmal hab ich einen lilafarbenen Pulli mit Sternen und einem englischen Schriftzug angezogen. Den hatte meine Mutter in einem muffigen Secondhandshop gekauft. Sie war unheimlich stolz drauf, dass sie ihn für einen Euro hatte abstauben können. Ich wollte ihr nicht wehtun und zog ihn zur Schule an, aber ich hatte schon so ein komisches Gefühl, irgendwie fand ich den Pulli seltsam. Das war er auch. Die Zicken in der Schule, diese in den Malkasten gefallenen Bleichgesichter mit ihren aufgepolsterten BHs und dazu passenden Schuhen, haben sich köstlich über mich amüsiert. Was da in Englisch auf dem Pulli stand, war »Sweet dreams«. Das heißt »Träum was Schönes«. Dieser verdammte lilafarbene Pulli war das Oberteil eines Schlafanzugs. Ich hätte im Unterricht von Miss Baker in der sechsten Klasse eben doch besser aufpassen sollen.

Als ich aus der Schule kam, traf ich Hamoudi. Er bot mir an, mich ein Stück mitzunehmen und bei uns im Viertel abzusetzen. Ich war stolz und nutzte die Gelegenheit, um ein bisschen anzugeben, damit all die Streuselkuchen aus der Penne sehen, wie ich mit dem Doppelgänger von Antonio Banderas in *Zorro* wegfahre, nur dass Hamoudi etwas vernarbter ist. Leider hat's keiner mitgekriegt. Auch egal.

Eigentlich steht es ihm ganz gut, nach Eau de Toilette zu riechen und immer rasiert zu sein. So sieht man die Narbe an seinem Kinn besser. Das gibt ihm so eine zarte Seite – raue Schale, weicher Kern und so … Wie ein Kinoheld. Als ich ihn einmal fragte, woher er die Narbe hat, wusste er es angeblich nicht mehr. Er wollte es mir nur nicht sagen. Hamoudi kann ganz schön nerven, wenn er so geheimnisvoll tut!

Mir ist aufgefallen, dass er ein anderes Auto fuhr als letzte Woche. Hamoudi hat ziemlich oft ein neues Auto. Entweder hat er einen Freund, der Autoverkäufer und in ihn verliebt ist, oder er macht krumme Geschäfte, und in diesem Fall stelle ich ihm besser keine Fragen. So funktioniert das zwischen Hamoudi und mir. Er will mich beschützen, mich nicht in seine Geschichten hineinziehen, im Gegenzug muss ich meine Neugier bändigen.

Ich stieg ins Auto, sagte nur kurz Hallo und sah ihn kaum an, obwohl er mich anstarrte. Er fuhr nicht los, und ich merkte, dass er mich immer noch so anguckte. Das machte mich ganz nervös.

Nach einer Weile fasste er mich am Kinn, drehte mein Gesicht zu sich hin und meinte lächelnd: »Keine Sorge! Du wirst immer mein Liebling bleiben!«

Und dann fing er an zu lachen. Obwohl ich eigentlich gern noch ein bisschen sauer auf ihn gewesen wäre, lachte ich mit ihm, denn ich war sehr erleichtert. Hamoudi spielte auf diese Karine an, mit der ich ihn auf der Kirmes getroffen hatte, die mit den hohen Absätzen und der Frisbeescheibe an Stelle eines Kopfes. Vielleicht dachte er, ich wäre eifersüchtig ... Also wirklich. So toll ist die auch wieder nicht, außerdem ist sie blond und trägt Lila. Was das eine mit dem anderen zu tun hat? Keine Ahnung.

Aber für ihn war es gut, dass er dieses Mädchen kennen gelernt hat. In seinem Leben passiert wenigstens was. Bei mir ist es Tag für Tag das Gleiche, miese Aussichten.

Als Hamoudi mich vor dem Haus absetzte, winkte Aziz, der Lebensmittelhändler unseres Viertels, mir zu. Da dachte ich, vielleicht wäre ein neuer Mann im Haus doch ganz gut. Einer, der nicht ans andere Ufer des Mittelmeers oder mit einer bleichgesichtigen Blonden auf Stöckelschuhen abhaut. Aber außer Aziz, der wohl ein bisschen in Mama verknallt ist, wüsste ich nicht, wer das sein könnte …

Aziz ist so um die fünfzig. Er ist klein, hat fast eine Glatze, immer schmutzige Fingernägel und fischt ständig mit der Zungenspitze zwischen den Zähnen nach eingeklemmten Resten. Im Sidi Mohamed Market liegt eine Menge vergammeltes Zeug rum, und Aziz lässt einen mehr blechen, wenn man sich eine Flasche Wasser aus dem kleinen Kühlschrank hinten im Laden nimmt statt die aus dem Verkaufsregal vorne. Früher hat er sogar Brot verkauft, bis zu dem Tag, als eine Kundin eine Küchenschabe in ihrem Baguette fand und das Ordnungsamt informierte. Am Tag des Opferfests schenkt Aziz Mama Einkaufstüten mit Lebensmitteln, und wenn es sein muss, gewährt er uns Kredite, die wir nicht immer bezahlen können. Manchmal schimpft er mit dem Akzent seines Heimatdorfs: »Oh, làlà! Wenn ihr macht immer nur Kridit bei mir, kommen wir nie an die Ufer an!« Aziz ist lustig. Wenn es ans Bezahlen geht, hat er immer einen Witz auf Lager.

»Fragt die Lehrerin zu die kleine Toto: Zwölf Flasche Wein zu zwei Euro die Stücke, was macht das? Sagt die kleine Toto: Drei Tage, Madame.«

Und dann macht er sich vor Lachen in die Hose. Aziz ist ein Schlitzohr, aber er ist nett. Ich glaube, viele Leute hier können ihn gut leiden. Wenn Mama ihn heiraten würde, hätten wir jedenfalls immer alles, was wir brauchen. Gut, er ist nicht der Manager einer riesigen Kaufhauskette, aber wer weiß, vielleicht gibt es ja in ein paar Jahren auch einen Sidi Mohamed Market in New York und Moskau …

Mama hat sich endlich von diesem Scheißhotel verabschiedet, wo sie den Reichen für nichts und wieder nichts den Hintern abwischen musste. Monsieur Schihont hat ihr nicht einmal eine Abfindung gezahlt, angeblich wegen des Streiks … Das ist illegal, das weiß ich genau. Ohne Mama wird Monsieur Schihonts Absteige ohnehin bald Pleite machen. Sie hat nämlich eine ganz besondere Art, die Betten zu machen – hübsch und zugleich energisch, so dass man keine Falte in den Laken sieht, besser als bei der Armee. Ich bin jedenfalls froh, dass sie nicht mehr im Formule 1 in Bagnolet arbeitet. Wir werden es nicht vermissen. Weder die Arbeitszeiten noch den Lohn oder diese Ratte von Monsieur Schihont.

Das haben wir trotz allem der Stadt zu verdanken. Ich sage »trotz allem«, weil ich nur ungern zugebe, dass Madame Dingenskirchen, unsere Barbie vom Sozialamt, Mama diese Fortbildung verschafft hat. Fort-Bildung heißt, dass man sich von dem einen fort und zu etwas anderem hin bildet. Wie von etwas Herzhaftem zu etwas Süßem oder vom Ehemann zum Liebhaber. Mama wird einen Alphabetisierungskurs besuchen, in dem sie die Sprache meiner Heimat lesen und schreiben lernt. Mit einer Lehrerin, einer Tafel, einem karierten Heft und sogar Hausaufgaben. Wenn sie möchte, helfe ich ihr dabei.

Eigentlich ist Nabil die Null mir doch ganz nützlich, wenn ich in Chemie wieder nichts kapiere und er mir die Aufgaben von Madame Benbarchiche erklärt. Irgendwas mit Isotop. In ihrem tunesischen Akzent klingt es nach »Sisitop«, wie die Rockband von den alten bärtigen Typen mit Sonnenbrille.

Ist schon lustig, dass Mama sich so auf den Kurs freut. Sie ist nie zur Schule gegangen, deshalb ist sie schon ganz aus dem Häuschen. Um fünf Uhr morgens aufzustehen, um sich bei der Arbeit in einem schäbigen Hotel die Gesundheit zu ruinieren, das hat sie einfach hingenommen. Aber die Weiterbildung nimmt sie richtig ernst. Dort lernt man auch, wie man sich nach einer neuen Stelle umschaut. Hoffentlich findet sie dann einen Superjob. Während des Kurses bekommt sie sogar Geld und ist abends nicht so spät zu Hause wie sonst, sondern ungefähr zur selben Zeit wie ich. Ich werde sie also viel öfter sehen und nicht so leicht vergessen, dass ich eine Mutter habe.

Sie fängt erst in zwei Wochen an, das ist genial, so bekomme ich bis dahin nach der Schule mal was anderes zu essen als Thunfisch aus der Dose.

Abends schaut Mama am liebsten die Wettervorhersage. Vor allem, wenn sie von dem dunkelhaarigen Moderator präsentiert wird, der an dem Casting für *Ein Käfig voller Narren* teilgenommen hat, aber nicht genommen wurde, weil er immer so übertrieb. Diesmal kündigte er einen großen Wirbelsturm in der Karibik an, ein Wahnsinnsding, das sich schon darauf vorbereitet, einigen Schaden anzurichten. Der Orkan heißt Franky. Mama sagte, sie findet diesen westlichen Tick, Naturkatastrophen einen Namen zu geben, völlig bescheuert. Ich mag es, wenn Mama und ich so interessante und tiefgründige Gespräche führen.

Aziz ist ein netter Kerl, aber die Chancen, in seinem Laden etwas Vergammeltes zu erwischen, stehen eins zu zwei, deshalb gehe ich manchmal zu Malistar, einem kleinen Supermarkt, der schon seit Jahren existiert und immer wieder den Namen wechselt. Seit ich hier wohne, ist er bestimmt schon zehn Mal umgetauft worden: World Provisions, Better Price, Toutipri ... Das Problem ist, dass jeder ihn anders nennt, je nachdem, welchen Namen er mitbekommen hat.

Ich war also mal wieder im Malistar, um Damenbinden zu kaufen, dieses No-Name-Produkt in

Neonorange, das so leuchtet wie die Westen der Schullotsen, die den Kleinen frühmorgens über die Straße helfen. Schon die Verpackung ist ultrapeinlich. Auffälliger geht's nicht, anschließend weiß jeder in der Siedlung, dass du deine Tage hast. Als ich an der Kasse ankam, hatte sich dort prompt eine Schlange der Streckenlänge Paris–Dakar gebildet. Und zwar wie Paris – Dakar auf dem Fahrrad, nämlich im Schneckentempo ... Als ich endlich an der Reihe war, trat noch einer dieser Zufälle des Lebens ein: Der Strichcode funktionierte nicht. Bei jedem Versuch der Kassiererin machte es nur ein Geräusch wie eine zerkratzte Single. Die Kassiererin ist Monique, und man kann wirklich sagen, dass dieser Job ihr wie auf den Leib geschneidert ist. Sie ist so flach, dass man sie faxen könnte, und ich an ihrer Stelle hätte den Friseur angezeigt, wenn er mir so einen Schnitt verpasst hätte. Monique hat eine Menge Humor, das verdankt sie diesem albernen Pierre Palmade, den sie sich jeden Sonntagnachmittag auf Video reinzieht. Egal, jedenfalls kam Monique mit den Binden nicht klar. Und als sie es endgültig satt hatte, was tat sie da? Anstatt den Strichcode einzutippen, wie sie es anderswo machen, griff sie zum Mikrofon. In dem Moment begannen meine Knie zu zittern und mir standen die Schweißperlen auf der Stirn, als müsste ich eine Bombe entschärfen und gleich das rote Kabel durchtrennen. Dann brüllte sie mit ihrer tiefen Stimme (offensichtlich hatte sie nicht begriffen, dass Brüllen überflüssig war, schließlich ist das ja Sinn und Zweck eines Mikrofons): »RAYMOND!!! Was kostet ein Paket Damenbinden, 24 + 2 gratis, normale Größe mit Saugkissen und extraschützenden Seitenflügeln?!«

Nach einer kurzen Pause brüllte sie weiter: »He! Raymond! Schläfst du oder was?«

Schließlich hörte man eine Stimme aus dem Jenseits rufen, dass der Mist zwei Euro, achtunddreißig Cent kostet. Das Schlimmste war, dass ich nicht mal genug Geld mithatte und bei Monique anschreiben lassen musste. Wenn ich das vorher gewusst hätte, hätte ich meine Tage gar nicht erst bekommen …

Als ich nach Hause kam, telefonierte Mama immer noch mit Tante Zohra. Youssef hat bald seinen Prozess. Deshalb ist sie sehr nervös und ruft Mama ständig an, auch spät am Abend, wenn sie wieder mal nicht einschlafen kann. Die beiden führen lange Gespräche mit vielen Pausen. Das weiß ich, weil Mama das Telefon immer laut stellt.

»Ich schwöre dir, Yasmina, meine Schwester, du hast Glück, dass du keine Söhne hast, Gott ist mit dir, du hast ja keine Ahnung …«

»…«

»Mit einer Tochter ist alles viel einfacher! Ich habe meinen Sohn noch nie weinen sehen, weißt du. Aber gestern bei meinem Besuch hat er sich an mich geklammert und geweint wie eine Frau, es hat mir das Herz gebrochen …«

»Möge Gott dir beistehen!«

»Wenn er dich nur erhören würde, meine Schwester … Was sage ich bloß dem Alten, wenn er aus dem Dorf zurückkommt? In zwei Monaten ist er wieder hier.«

»Bete zu Gott, dass dein Sohn bald zurückkehrt …«

Man könnte meinen, die beiden hielten große Stücke auf Gott. Hoffentlich ist Youssef bald wieder draußen. Er hat diese Kacke nicht verdient. Ich verstehe nicht viel von Gesetzen, all meine Kenntnisse auf diesem Gebiet habe ich von dem berühmten Anwalt *Perry Mason*. In einer Folge schlief ein Richter sogar während der Verhandlung ein und wurde trotzdem von allen »Euer Ehren« genannt.

Wenn Youssef richtig ins Gefängnis muss, verliere ich den Glauben an das Rechtswesen voll und ganz. »Ungerechtswesen« trifft es wohl eher.

Youssef ist verurteilt worden. Ein Jahr hat er bekommen. Tante Zohra findet das Leben nur noch zum Kotzen. Vor allem hat sie große Angst vor ihrem Mann, dem alten Irren, der nächsten Monat aus seinem Dorf zurückkehrt. Seine beiden anderen Söhne, Réda und Hamza, befinden sich in der Schule im freien Fall und prügeln sich mit Altersgenossen aus dem Viertel, die sie als Bastarde bezeichnen, weil ihr Vater so gut wie nie da ist. Für Youssef ist der Knast die Hölle, und obwohl er mich oft verarscht hat, hat er es wirklich nicht verdient, wegen so einer Dummheit ein Jahr seines Lebens zu verlieren.

Bei Hamoudi war es genauso. Nach dem Knast

schlug er sich als Aushilfe durch, eine Menge kleiner Scheißjobs, einer schlimmer als der andere. Er ist nie wieder richtig auf die Beine gekommen. Jetzt verdient er sein Geld mit der Dealerei und kann kein normales Leben führen. Rente und Krankenversicherung speziell für Dealer müssen erst noch erfunden werden. Wie auch immer, ich hätte nie gedacht, dass Youssef so etwas passieren könnte. Wenn mir das eine Wahrsagerin vor ein paar Monaten prophezeit hätte, hätte ich sie für verrückt erklärt.

Meine Mutter hat mir mal erzählt, als sie noch im Dorf bei ihren Eltern wohnte, haben ihre Tante und eine Nachbarin sie einmal zu einer Wahrsagerin geschleppt. Alle machten sich Sorgen, weil Mama sich weigerte zu heiraten. Die Wahrsagerin meinte, der Mann, der ihr vorherbestimmt sei, käme vom anderen Ende des Meeres, um sie zu holen, und es sei jemand, der mit Erde und Stein arbeite. Volltreffer, das war genau mein Vater: Er kam sie vom anderen Ende des Meeres holen, aus Frankreich, und zwar mit dem Schiff, weil das nicht so teuer war wie das Flugzeug. Und dass er mit Erde und Stein arbeitete, stimmt auch, denn er war damals Bauarbeiter. Nur hatte die Wahrsagerin irgendwie vergessen meiner Mutter zu erzählen, wie die Geschichte enden würde. Die Leute sagen einem immer nur das, was man hören will.

Wie bei Sheriff. Sheriff ist ein Typ hier aus der Siedlung, der vor ungefähr sechs Jahren aus Tunesien herkam. Alle nennen ihn nur Sheriff, weil er wie ein richtiger Cowboy herumläuft. Noch dazu trägt er immer einen roten Cowboyhut mit einem Stern vorne dran. Mit seinen schwarzen Haaren und seinem Schnauzer sieht er aus, als wäre er gerade einem Western entstiegen. Dieser Typ war mal bei einer Wahrsagerin, die ihm baldigen Reichtum prophezeite. Das ist jetzt Jahre her. Sie hätte vielleicht etwas genauer erklären sollen, was sie mit »bald« meinte. Seitdem spielt der Sheriff jeden Tag Pferdetoto und er glaubt felsenfest an sein Glück. Anschließend geht er in die Bar auf dem kleinen Platz und wartet auf die Ergebnisse. Und weil er jedes Mal verliert, wird er langsam nervös. Sheriff ist halt ein Südländer ... Wenn er nicht gewinnt, also jedes Mal, zerknautscht er seinen Hut, stößt arabische Flüche aus und macht sich schimpfend vom Acker. So geht das nun schon sehr lange.

Manchmal sage ich mir, dass das Leben trotz allem ein Glück ist. Man meint immer, man hätte es nicht gut getroffen, und vergisst dabei die Leute, denen es noch schlechter geht als einem selbst ... Doch, doch, die gibt es. Zum Beispiel der Junge, der mit mir zusammen in die Grundschule ging und ständig verprügelt wurde. Ein kleiner Blonder mit Brille, der immer ganz vorne saß, immer gute Noten hatte, der Lehrerin zu Ostern Crêpes mitbrachte und in der Kantine Schweinefleisch aß. Das perfekte Opfer.

Mama hat mit ihrem Fortbildungskurs angefangen. Es gefällt ihr anscheinend gut. Sie hat sich sogar schon mit zwei anderen Frauen angefreundet: eine Marokkanerin aus Tanger und ein altes Mütterchen aus der Normandie, die »Jackeline« heißt. Ich nehme an, sie meint die Kursleiterin

Jacqueline. Ich stelle fest, dass meine Mutter ein kontaktfreudiger Mensch ist, ganz im Gegensatz zu mir. Als ich klein war und meine Mutter mit mir zum Sandkasten ging, wollte kein Kind mit mir spielen. Ich nannte ihn den »Sandkasten der Franzosen«, denn er lag mitten in einer Siedlung von Einfamilienhäusern, in denen fast nur französische Familien lebten. Einmal standen sie alle im Kreis und wollten mir nicht die Hand geben, weil am Tag zuvor das Schafsfest gewesen war und Mama meine rechte Handfläche mit Henna bemalt hatte. Die kleinen Holzköpfe dachten, ich wäre schmutzig.

Sie hatten keinen Schimmer von Multikulti und klassenloser Gesellschaft. Aber im Grunde können sie ja nichts dafür. Es gibt eine ziemlich deutliche Grenze zwischen der Cité du Paradis, wo ich wohne, und der Villengegend im Rousseau-Viertel. Riesige Drahtzäune, die nach Rost riechen, so alt sind sie, und eine lange Steinmauer. Schlimmer als die Maginot-Linie oder die Berliner Mauer. Zur Cité hin ist die Mauer voller Tags, Kritzeleien und Werbeplakate für irgendwelche Konzerte oder orientalische Abende. Es gibt Graffiti zu Ehren von Saddam Hussein oder Che Guevara, patriotische Bekenntnisse wie »Es lebe Tunesien« oder »Senegal hoch« und sogar philosophisch angehauchte Textzeilen aus Rapsongs. Aber am besten gefällt mir eine alte Zeichnung, die es schon gab, als weder Rapmusik noch Irakkrieg existierten: ein Engel in Handschellen mit einem roten Kreuz auf dem Mund.

Im elften Stock unseres Hochhauses wird ein Mädchen festgehalten. Sie heißt Samra und ist neunzehn Jahre alt. Ihr Bruder folgt ihr auf Schritt und Tritt. Er lässt sie nie ausgehen, und wenn sie auch nur ein bisschen später als gewohnt von der Schule nach Hause kommt, schleift er sie an den Haaren über den Fußboden; der Vater erledigt dann den Rest. Einmal habe ich Samra sogar schreien gehört, weil sie sie eingeschlossen hatten. In ihrer Familie führen die Männer sich auf wie Könige. Samra lebt in einem Hochsicherheitstrakt und ihre Mutter kann nichts dagegen sagen oder tun. Als Mädchen hat man offenbar einfach schlechte Karten.

Aber vor ein paar Tagen hat Mama von Nachbarinnen gehört, dass Samra abgehauen ist. Seit drei Wochen wird sie überall gesucht. Ihr Vater hat sogar Handzettel verteilt, um sie zu finden. In der ganzen Gegend haben sie Suchanzeigen aufgehängt, in Geschäften, bei der Post, in Treppenaufgängen, Schulen ... Auf dem Foto ist Samra in der sechsten Klasse. Die Zahnspange ist auf den Kopien nicht so gut zu erkennen.

Das erinnert mich an die Sendung *Aus den Augen verloren* mit Jacques Pradel, wo Leute ihre Angehörigen wiedertrafen, die sie über zwanzig Jahre nicht gesehen hatten. Die Sendung war echt super: Sie spürten die Leute auf, obwohl die ihr Aussehen, ihren Namen und alles geändert hatten. Wenn die Gesuchten nicht gerade verstorben waren, hat das Team es wirklich immer geschafft, sie zu finden. Beim ersten Wiedersehen gab es dann großes Geheul und Ohnmachtsanfälle. Das machte die Sache so spannend. Einmal haben sie einen Cousin in Sydney, Australien, aufgestöbert. Sie haben seine Bude gefilmt, seine neue Familie, seine neue Arbeit und alles. Für den Studiogast war das nicht so berauschend. Der hatte jahrelang darunter gelitten, dass sein Cousin abgehauen war, und sich den Kopf zerbrochen, wie er ihn wiederfinden könnte. Und nun musste er feststellen, dass dieser ein großartiges Leben führte und sich kein Stück für ihn interessierte.

Na ja, jedenfalls ist hier momentan Samras Verschwinden Gesprächsthema Nummer eins. Angeblich hat sie irgendwer in Paris gesehen, mit einem dicken Bauch. Sie soll also schon schwanger sein ... Die Gerüchte wandern vom Lebensmittelladen über die Reinigung bis vor das Schultor. Als Samra noch zu Hause in ihrem Betonkäfig eingesperrt war, sprach kein Mensch über sie, als wäre das völlig normal. Und jetzt, wo sie es geschafft hat, sich von ihrem Diktatorbruder und ihrem Folterervater zu befreien, zerreißen sich die Leute das Maul über sie. Ich verstehe das nicht.

Youssef kann nicht abhauen. Tante Zohra hat wieder angerufen, um uns von ihrem letzten Besuch zu erzählen. Sie sagt, er wird immer dünner und sein Blick ist ganz leer. Sie erkennt ihren Sohn kaum wieder; ich kann verstehen, dass ihr das Angst macht. Trotzdem finde ich, dass sie mutiger wird. Sie kommt jetzt schon besser damit klar. Sie brauchte nur ein bisschen Zeit, das ist alles. Es ist schrecklich, aber wenn man muss, kann man sich an alles gewöhnen, vor allem an das Schlimmste.

In zwei Wochen kommt Youssefs Vater aus seinem Dorf zurück, ich bin wirklich mal gespannt, was dann passiert. Mama hilft Tante Zohra, eine Taktik vorzubereiten. Sie sagt, alles hängt davon ab, wie sie ihm die ganze Sache beibringt. Wenn es um schlechte Nachrichten geht, lässt man sich am besten vom Fernsehen inspirieren. Zum Beispiel von dem Mut und dem Zartgefühl, mit dem Gaby in *Sunset Beach* ihrem beknackten Mann gesteht, dass sie ihn mit seinem eigenen Bruder betrogen hat. Und der Bruder war Priester. Also noch schlimmer. Verglichen damit ist es ein Zuckerschlecken, Youssefs Vater zu eröffnen, dass sein Sohn bis zum Frühjahr hinter Gittern sitzen wird. Oder, in meinem Fall, Mama zu erzählen, dass ich dieses Jahr kleben bleibe. Erst muss ich ihr wohl erklären, was »kleben bleiben« überhaupt heißt, denn vom französischen Schulsystem hat sie keinen Schimmer. Und dann werde ich ihr verklickern, dass ich die Schule dadurch umso besser schaffe. »Es schaffen« heißt für sie, in einem Büro zu arbeiten, in dem es einen Drehstuhl, ein Telefon und eine Heizung ganz in der Nähe vom Drehsessel gibt.

Neulich abends habe ich auf der Treppe ein bisschen mit Hamoudi gequatscht. Es ging um Eltern und Konflikte in der Pubertät; Madame Burlaud hatte mir nämlich erklärt, was das ist.

Hamoudi hält das für eine Ausrede westlicher Eltern, die bei der Erziehung ihrer Kinder versagt haben. Ich sehe das nicht so. Manchmal ist Hamoudi ganz schön hart. Er sagte, er hätte nicht das geringste Interesse an irgendwelchen Pubertätsproblemen, denn die hätte ihm sein Vater sofort ausgetrieben. Und er erzählte mir, dass die Sache mit Karine, der Blondine von der Kirmes, vorbei sei. Er klang etwas traurig. Ich weiß, dass es nicht nett ist, aber ehrlich gesagt hat mich das ein bisschen gefreut. Jetzt kann es mit Hamoudi vielleicht wieder werden wie früher. Um ihn zu trösten, sagte ich, sie hätte eh eine Fresse wie eine Frisbeescheibe. Das fand er total lustig. Aber er hat mir nicht verraten, warum sie nicht mehr zusammen sind. Ich glaube kaum, dass sie ihn mit Hamoudis Bruder betrogen hat, der übrigens kein Priester ist.

Wahrscheinlich meint er, das sei nur was für Erwachsene und geht mich nichts an. Da ist was dran.

Neulich abends war diese Null von Nabil hier, um mir bei den Hausaufgaben in Bürgerkunde zu helfen. Das Thema klang wie der Titel einer Folge von *Reporter vor Ort:* »Wählen gehen oder nicht?«

Ich habe mit Nabil darüber diskutiert. Er denkt zum Beispiel, ein Typ aus der Cité du Paradis, der schon lange nicht mehr zur Schule geht, keinen Job findet und sein Zimmer mit vier kleinen Geschwistern teilen muss, weil seine Eltern auch nicht arbeiten, »was bringt das, so einen wählen zu gehen?«. Nabil hat Recht. Der Typ muss jeden Tag ums Überleben kämpfen, was kümmern den seine Pflichten als Bürger ... Wenn seine Lage sich dadurch bessern würde, hätte er vielleicht schon Lust zu wählen. Aber es gibt ja auch keine Kandidaten, mit denen er sich identifizieren könnte. Solche Typen müsste man fragen: »Wählen gehen oder nicht?«, nicht eine Klasse von pickeligen Fünfzehnjährigen. Hier geht kaum jemand wählen. Vielleicht ist das der Grund, warum die Cités so verkommen. Denn wer nicht wählt, nützt den Politikern rein gar nichts. Wenn ich achtzehn bin, gehe ich auf jeden Fall wählen. Man hat ohnehin kaum die Möglichkeit, etwas zu sagen. Wenn es dann doch mal der Fall ist, muss man es auch tun.

Egal, als wir mit dem Thema durch waren, ist Nabil jedenfalls nicht sofort nach Hause zu seiner Mutter gegangen. Er blieb und laberte und aß dabei das ganze Paket Cracker auf, das auf dem Tisch lag. Ich hatte gehofft, es würde die Woche über reichen, aber na ja, was soll's … Als der Blödmann sich endlich auf den Weg machen wollte, brachte ich ihn noch zur Tür, und da war er auf einmal so anders. Er setzte ein ernstes Gesicht auf, beugte sich zu mir und gab mir einfach einen Kuss auf den Mund. Echt wahr!

Erst frisst er mir alle Cracker weg, und dann wagt er es auch noch, mich zu küssen, ohne vorher zu fragen! Das Schlimmste ist, dass mir dazu so schnell nichts einfiel. Ich dumme Kuh bin nur knallrot geworden, so rot wie Mamas Paprikagemüse, habe ein kaum hörbares »Tschüs!« gestammelt und die Tür geschlossen. Dann habe ich schnell ein großes Glas Wasser mit Minzsirup getrunken und mir zweimal die Zähne geputzt, um den Geschmack von Nabil loszuwerden.

Was mache ich jetzt bloß? Ich könnte allen erzählen, ich wäre vom Fahrrad gefallen und hätte das Bewusstsein verloren, und als ich wieder zu mir kam, konnte ich mich an nichts mehr erinnern, an rein gar nichts … Leider wäre das nicht sehr glaubwürdig, denn jeder weiß, dass ich kein Fahrrad besitze und auch nicht genug Geld habe, um mir eins zu kaufen. Oder ich lasse eine Gesichtsoperation machen und nehme eine andere Identität an, dann erkennt er mich nicht und versucht nie wieder, seine rauen Wurstlippen auf meinen Mund zu kleben. Igitt.

Meinen ersten Kuss hatte ich mir wirklich anders vorgestellt. Ich hatte da eher eine Traumkulisse im Kopf: an den Ufern eines Sees, im Wald, bei Sonnenuntergang, mit einem tollen Typen wie dem aus der Vitaminwerbung, der immer eine halbe Umdrehung auf seinem Stuhl macht und mit seinem Zahnpastalächeln in die Kamera strahlt: »Mit Vitamut geht's mir gut!« Mein Romeo würde mir gerade erklären, wie man mit einer Nagelfeile und einem Stein Feuer macht, und mitten in unserem philosophischen Diskurs würden wir magisch voneinander angezogen, wie in Zeitlupe, um uns dann zu küssen, ganz natürlich, als hätten wir nie etwas anderes getan. Wenn ich mir diese Szene ausmale, bin ich selbstverständlich perfekt frisiert, gut angezogen und habe etwas mehr Busen.

Von der Sache mit Nabils Mund weiß niemand. Viel zu peinlich. Nicht mal Madame Burlaud und Mama schon gar nicht. Wenn sie das erfährt, bringt sie mich um. Ich bin sauer auf Nabil, dass er mir meinen ersten Kuss geraubt und mein ganzes Paket Salzcracker leer gefressen hat, aber nicht ganz so sauer, wie ich es erwartet hätte. Ich kann mich verstehen.

Am Montag haben Madame Burlaud und ich etwas Neues ausprobiert, so eine Art Spiel. Sie zeigte mir große Fotos, ziemlich kurz hintereinander, und ich musste sagen »Gefällt mir« oder »Gefällt mir nicht«.

Weil es so schnell ging, habe ich meistens ganz automatisch geantwortet, ohne zu überlegen. Zum Beispiel sagte ich »Gefällt mir nicht«, als sie ein Foto mit einem Baby hochhielt. Wie zufällig machte Madame Burlaud bei diesem Foto eine Pause und fing auf einmal an, von dem kleinen Halbbruder zu sprechen, den ich vermutlich habe. Angeblich habe ich deshalb unbewusst »Gefällt mir nicht« gesagt. Mama und ich wissen inzwischen, dass es ein Junge ist. Eine Nachbarin in Marokko hat uns einen Brief geschrieben. Als wollte sie meine Mutter noch mehr demütigen, war er auf Französisch, und ich musste ihn ihr vorlesen.

Aber mal im Ernst: Warum soll ich mir über etwas den Kopf zerbrechen, das längst gelaufen ist? Ich sagte Madame Burlaud, dass das überhaupt nichts zu bedeuten hat: Weil es so schnell ging, hatte ich nicht richtig hingeguckt. Ein Irrtum, sonst nichts. Und außerdem, wieso muss eigentlich jeder Babys mögen? Babys plärren, stinken, sabbern und kacken die ganze Zeit … Und dann sah das Baby auf dem Foto auch noch aus wie ein Croissant, echt fies. Außerdem ist der kleine Hosenscheißer nicht mein Bruder, sondern nur der Sohn von meinem Alten. Das ist ein großer Unterschied. Madame Burlaud ist wirklich nervig, wenn sie so tut, als hätte sie auf alles eine Antwort, und dazu ihr zufriedenes Lächeln aufsetzt wie Harrison Ford in der Schlussszene von *Indiana Jones*. Im Moment sagt sie mir bei jeder Gelegenheit, ich würde mich entwickeln und es wäre normal, dass ich mir viele Fragen stelle. Ich und mich entwickeln … Schwachsinn, die braucht wirklich dringend eine neue Brille! Seit einer halben Ewigkeit bin ich jetzt eins sechzig und lege keinen Millimeter zu. Vielleicht meinte sie ja, im Kopf. Wahrscheinlich.

Lila markiert Sarahs Größe immer mit dem Bleistift an ihrem Türrahmen und schreibt das Datum daneben. Das sieht lustig aus, ganz viele kleine Striche untereinander. Wenn Sarah größer ist, schaut sie sich das bestimmt gern an. Es hängen auch überall Fotos von Sarah, von früher, als sie noch ganz klein war, bis heute.

Da hat sie wirklich Glück gehabt. Ich bin auf dem ersten Foto drei Jahre alt. Und danach kommen die Schulfotos … Wenn ich länger darüber nachdenke, werde ich ganz traurig. Ich habe das Gefühl, gar nicht vollständig zu existieren. Wenn ich mit einem Pimmel zur Welt gekommen wäre, gäbe es mit Sicherheit einen ganzen Stapel Fotoalben.

Einmal bin ich mit Sarah auf dem Heimweg vom Spielkreis bei Hamoudi vorbeigegangen.

»Hallo, kleine Prinzessin, du bist bestimmt Sarah, was?«

»Ja.«

»Du hast aber ein hübsches rosa Kleidchen an, wie eine Fee …«

»Und du, du hast gar keine schönen Zähne, das müssen wir mal der Zahnfee sagen.«

Dafür habe ich ein bisschen mit Sarah geschimpft. Ich erklärte ihr, dass es nicht nett ist, so etwas zu sagen. Aber Hamoudi machte das nichts aus. Im Gegenteil, er hat sich krankgelacht. Gut, es stimmt, Hamoudi hat ziemlich schlechte Zähne. Aber so katastrophal ist es auch wieder nicht. Außerdem kein Wunder, bei den Mengen, die er seit Jahren raucht …

Jedenfalls vergöttert er die Kleine seitdem. Er sagt, es gibt nichts Erfrischenderes als Kinder, weil sie so ehrlich und spontan sind, unverfälscht eben: »In dieser verlogenen und korrupten Gesellschaft sind Kinder die Einzigen, die noch aufrichtig sind.« Vielleicht hat Hamoudi Recht. Er ist in letzter Zeit sehr nachdenklich. Übrigens sucht er auch ernsthaft Arbeit. Jedenfalls behauptet er das. Er muss ein bisschen solider werden, die Dealerei wird ihm zu gefährlich. Außerdem sagt er solche Sachen wie: »Ich bin schließlich nicht mehr siebzehn …«, und guckt dabei ganz sentimental. »Ich hab jetzt sozusagen ein Drittel meines Lebens hinter mir und noch nichts auf die Reihe gekriegt. Gar nichts …« Ich antwortete ihm, dass es ja noch nicht zu spät sei und dass er vielleicht nur Angst hätte, etwas zu ändern. Keine Ahnung, wie ich darauf kam. Vielleicht habe ich zu viele schlechte

Talkshows gesehen, mit Themen wie »Ich werde betrogen, und das geht nur mich etwas an«. Trotzdem ist es komisch, was mit Hamoudi los ist, denn seine Familie hat ihm immer ziemlich viel Freiheit gelassen, er konnte machen, was er wollte. Nur eins nicht: weinen. Denn er ist ein Mann, und Hamoudis Vater sagt, Männer weinen nicht. Vielleicht ist das ja gerade sein Problem. Man macht sich gar nicht klar, wie wichtig es ist zu weinen.

Die Sommerferien haben schon angefangen. Heute Nachmittag ist Familie Ali nach Marokko aufgebrochen. Sie haben einen großen roten Kombi, mit dem sie jedes Jahr Frankreich und Spanien durchqueren, um in ihr Dorf zu kommen und dort zwei Monate zu verbringen. Ich sah ihnen von meinem Fenster aus zu. Sie brauchten über eine Stunde, um alles zu verstauen. Die Kinder waren herausgeputzt und man konnte ihnen die Vorfreude und das Reisefieber am Gesicht ablesen. Ich beneidete sie. Jedenfalls haben sie eine Menge Gepäck mitgenommen. Drei Viertel der Taschen waren sicher mit Geschenken für die Familie, Freunde und Nachbarn gefüllt. Das ist immer so. Die Mutter Ali hat sogar einen Staubsauger mitgenommen. Das allerneuste Modell von Rowenta. Damit wird sie da unten ganz schön punkten.

Außerdem ist jetzt ihr Haus fertig. Wenn sie ein

Häuschen in ihrem Dorf bauen und sich ausschließlich von Reis und Nudeln ernähren, damit sie den Maurern ihr Geld schicken können, und wenn die Mutter einen Staubsauger einpackt, dann heißt das, dass sie sich da unten fest einrichten wollen. Den Kindern wäre das bestimmt nie in den Sinn gekommen. Aber ihre Eltern denken an nichts anderes seit ihrer Ankunft in Frankreich. Seit dem Tag, an dem sie den folgenschweren Fehler machten, einen Fuß in dieses verdammte Land zu setzen, von dem sie glaubten, es würde das ihre werden.

Manche hoffen ihr Leben lang, in die Heimat zurückzukehren. Aber viele schaffen das erst im Sarg, mit dem Flugzeug versandt wie Exportware. Sicher, auf gewisse Weise werden sie auch so wieder eins mit ihrem Grund und Boden, aber ganz so buchstäblich meinten sie es wohl gar nicht ... Einigen gelingt die Rückkehr tatsächlich. Zum Beispiel meinem so genannten Vater. Nur ist der ohne Gepäck abgereist.

Manchmal versuche ich mir vorzustellen, was aus mir geworden wäre, wenn ich nicht als Marokkanerin, sondern als Polin oder Russin auf die Welt gekommen wäre. Vielleicht Eiskunstläuferin. Aber nicht in der Regionalklasse, wo man mit Schokomedaillen oder T-Shirts abgespeist wird, sondern richtiger Eiskunstlauf wie bei den Olympischen Spielen, zu schöner klassischer Musik und mit Leuten aus aller Welt, die deine Darbietung wie in der Schule benoten. Hallen voller Menschen, die selbst dann noch applaudieren, wenn man sich lang macht wie ein Schnitzel. Hauptsache, man behält die Fassung. Aber Eiskunstlauf ist wirklich genial, allein die Paillettenkleidchen mit den bunten Rüschen … Das Problem ist nur, dass man bei den Hebefiguren immer die Unterhosen sieht. Deshalb wäre meine Mutter nicht gerade begeistert von der Vorstellung, dass ich im Fernsehen Eis laufe. Und wenn ich Russin wäre, hätte ich außerdem bestimmt einen superkomplizierten Namen und blonde Haare. Ich weiß, das sind nur beschissene Vorurteile. Es gibt sicher auch dunkelhaarige Russinnen mit Vornamen, die man leicht aussprechen kann, so leicht, dass man sie ständig rufen möchte, vor lauter Freude über einen so leichten Vornamen. Und vielleicht gibt es sogar Russinnen, die noch nie in ihrem Leben Schlittschuhe anhatten. Egal, jedenfalls hauen gerade alle ab, während ich zu Hause bleibe, die Cité belauere wie ein Wachhund und darauf warte, dass alle braun gebrannt aus dem Urlaub wiederkommen. Sogar Nabil ist verschwunden. Vielleicht ist auch er mit seinen Eltern nach Tunesien gefahren.

Aber weil Ferien sind, kommt er sowieso nicht mehr, um mir bei den Hausaufgaben zu helfen oder meine Aufsätze zu korrigieren. Aufsätze werde ich ohnehin nie wieder in meinem Leben schreiben, höchstens zum Thema Föhnfrisuren oder Lockenwickler. Ach ja, das hatte ich noch gar nicht erwähnt: Ich kann die Klasse auf dem Gymnasium nicht wiederholen, weil es keine Plätze für alle Sitzenbleiber gibt. Und zu denen gehöre auch ich. Also haben sie mir in letzter Minute einen Platz in einer Berufsschule hier in der Nähe besorgt, wo ich eine Ausbildung zur Friseuse machen kann. Hamoudi wurde sehr wütend, als ich ihm davon erzählte. Er wollte sofort hingehen und Ärger auf der Behörde machen und die Schule kontaktieren. Er sagte, sie haben nicht das Recht, so etwas für mich zu entscheiden. Aber ich weiß sowieso nicht, was ich sonst vorhätte – niemand hat mir je erklärt, in welche Richtung ich mich am besten orientieren soll. Und wer weiß, vielleicht finde ich den Friseurberuf ja ganz toll: Verknöcherten alten Schachteln eine Dauerwelle zu machen, die noch drei Härchen auf dem Schädel haben und ein Vermögen für die Pflege ihrer Frisur zahlen, macht mir bestimmt Riesenspaß, das spüre ich ...

Bei uns im Viertel wohnt ein Mädchen, das auch eine Friseurlehre gemacht hat. Weil sie nicht genug Geld hat, um einen eigenen Salon aufzumachen, aber trotzdem selbständig arbeiten will, fährt sie zu den Leuten nach Hause. Das Geschäft läuft gut. Vor allem, wenn im Viertel eine Hochzeit ist, wird sie gerufen. Die Mädchen lassen sich dann Föhnfrisuren machen und die Haare plätten, damit es aussieht, als hätten sie von Natur aus glatte Haare. Aber wenn sie auf dem Fest nach zwei oder drei Tänzen anfangen zu schwitzen, kräuseln sich hier und da sofort verräterische Löckchen.

Apropos Hochzeit: Bald wird es wieder eine geben, nämlich die von Aziz, dem Inhaber des Sidi Mohamed Market und geizigsten Lebensmittelhändler auf der Welt. Ich bin ein bisschen böse, dass er heiratet, denn dann ist die Sache für Mama endgültig gelaufen.

Rachida, unsere Nachbarin und die größte Klatschtante, die ich kenne, hat uns erzählt, dass

Aziz ein Mädchen aus Marokko heiraten wird. Langsam leuchtet mir ein, warum es hier so viele unverheiratete Mädchen gibt. Wenn die Männer alle anfangen, Import-Export zu betreiben ... Schade, dass die Hochzeitszeremonie bei uns nicht so abläuft wie in Amerika, wo der Priester den berühmten Satz sagt: »Und wer etwas gegen diese Ehe einzuwenden hat, der spreche nun oder möge auf ewig schweigen.« Da gibt es immer einen supermutigen Kerl, der es wagt, die Trauung platzen zu lassen, weil er seit acht Jahren heimlich in die Braut verliebt ist. Dann erklärt er ihr seine Liebe, und sie gesteht ihm mit Tränen in den Augen, dass sie genauso empfindet. Der Bräutigam ist zwar ein bisschen sauer, aber ein fairer Verlierer, drückt dem supermutigen Kerl die Hand und sagt: »Schwamm drüber, Alter!« Dann tritt er ihm seinen Smoking ab, den er sich für sehr viel Geld geliehen hat, und der mutige Typ heiratet das Mädchen an Stelle des Bräutigams, der ein fairer Verlierer ist.

Das könnte Mama auf der Hochzeit von Aziz auch machen. Sie würde Aziz sagen, dass er der einfühlsamste Mann im Viertel ist und dass sie seit Jahren aufrichtige Gefühle für ihn hegt, trotz seiner Glatze und der schmuddeligen Fingernägel. Ich sollte nicht so viel herumspinnen. So etwas würde sie nie tun. Außerdem wird die ganze Cité auf der Hochzeit von Aziz sein, und es wäre eine Schande, *Hschuma*, wenn Mama so etwas tun würde. Es ist ja nicht einmal gesagt, dass er uns überhaupt einlädt. Er hat uns so viele Kredite gegeben, die wir nie beglichen haben. Wir werden nie irgendwo eingeladen. Wenn die Feste längst vorbei sind, kommen die Leute zu Mama und entschuldigen sich, dass sie sie vergessen haben. Macht nichts. Mama und ich, wir legen keinen Wert drauf, zum Jetset zu gehören.

Am Sonntagvormittag waren Mama und ich auf dem Trödelmarkt. Sie suchte neue Schuhe, weil in ihrem linken Treter ein kleines Loch unter dem großen Zeh ist und sie nasse Füße kriegt, wenn es regnet oder wenn sie morgens über Gras läuft.

Als wir an den Ständen vorbeischlenderten, hörte ich auf einmal zwei Mädchen hinter uns sagen: »Die ist ja noch mieser angezogen als ihre Alte ... Die hat wohl auch irgendwer vom Dachboden geholt!«

»Für die ist das hier bestimmt wie in den Galeries Lafayette ...«

Sie prusteten los. Unterdrücktes böses Gekicher. Ich sah Mama an. Sie hatte offenbar nichts mitbekommen, weil sie sich voll und ganz auf die Hülle einer Single von Michel Sardou konzentrierte. Auf dem Foto hatte er eine ganz schöne Matte. In den Achtzigern hat man wohl alle Friseure in ihre Heimat zurückgeschickt und in einer Höhle versteckt, und erst zehn Jahre später sind sie nach und nach wieder aufgetaucht.

Na ja, statt den beiden Tussis, die hinter unserem Rücken getuschelt hatten, die Nasen abzureißen und sie ungespitzt in den Boden zu rammen, drehte ich mich nicht mal um. Ich tat so, als wäre nichts, als hätte ich nichts gehört, hakte mich bei Mama unter und drückte sie an mich, denn ich war doch ziemlich wütend und fühlte die Tränen schon in meiner Nase kitzeln. Am liebsten hätte ich losgeheult, aber ich versuchte mich wieder zu beruhigen. Ich zwang mich dazu, weil ich Mama nichts davon erzählen wollte. Sie hätte sich nämlich sicher schuldig gefühlt. Außerdem betrachtete sie gerade einen Haufen Schälmesser für einen Euro, die sie ungemein zu interessieren schienen, da wollte ich sie nicht durcheinander bringen. In solchen Momenten wäre ich gern stärker. Wie gern hätte ich dann einen Panzer, der mich mein Leben lang schützt. Damit mir nichts mehr wehtun kann.

Die ganze Cité war auf der Hochzeit von Aziz. Sie hatten einen großen Festsaal in Livry-Gargan gemietet, mit einem richtigen marokkanischen Orchester, das extra für diese Gelegenheit eingeflogen worden war. Aziz hatte zwei *Negafas* angeheuert, das sind Frauen, die sich um die ganze Organisation kümmern: Dekoration, Kleidung, Make-up, Brautschmuck, Essen, all diese Dinge. Es war eine Superhochzeit, Aziz hat sich das ganz schön was kosten lassen. Jedenfalls nach allem, was man so hörte, denn wir waren natürlich wieder nicht eingeladen.

Madame Dingsbums, die Sozialtante von der Stadt, sehen wir vorläufig nicht mehr, die ist jetzt im Mutterschutz. Sie sagte, nach der Geburt ihres

Kindes käme sie wieder zu uns. Das hat mich geärgert, denn sie hätte auch gleich sagen können: »In einem Jahr seid ihr immer noch arm und braucht mich.« Außerdem haben wir bis dahin ihre Vertretung am Hals, die ziemlich seltsam ist. Sie hat die Augen immer nur halb geöffnet, hinter einer klobigen rosa Brille mit Gläsern, die so dick sind wie Flaschenböden. Dann spricht sie auch noch so langsam und mit einer Gruselstimme, die klingt wie: »Ich bin der Tod! Folge mir, du bist die Nächste!« Aber was soll's, das ist mir alles egal. Ehrlich gesagt scheiße ich drauf. Das eigentliche Problem ist, dass Mama und ich für sie offenbar nur Aktennummern sind. Sie macht ihre Arbeit wie eine Maschine. Wie ein Roboter, der genau darauf programmiert ist. Wenn man ein bisschen an ihrem Rücken kratzt und die Haut ein klein wenig abschabt, stößt man bestimmt auf eine Aluminiumhülle, Schrauben und eine eingravierte Seriennummer. Ich nenne sie nur noch Cyborg.

Diese Woche werde ich nicht auf Sarah aufpassen. Ihre Mutter hat Urlaub und die beiden fahren nach Toulouse zu Lilas Schwester. Es ist hart, von den Menschen getrennt zu sein, die einem etwas bedeuten.

Ich denke da an Tante Zohra und Youssef und an andere …

Tante Zohra hatte übrigens den Mut, ihrem wahnsinnigen Alten alles zu erzählen. Es gab einen üblen Streit, als er erfuhr, was passiert war, und dieser alte Irre hat sie auch geschlagen. Irgendwann hat er kurz aufgehört, weil er nicht mehr konnte und Herzflattern bekam. Also setzte er sich und verlangte ein Glas Wasser. Zohra holte ihm etwas zu trinken, und damit war es vorbei …

Sie berichtete uns alles und meinte, sie bete jeden Tag zu Gott, dass er wieder da hingeht, wo er herkommt. Wenn ich dran denke, dass Mama noch vor kurzem betete, ihr Mann würde wieder zurückkommen …

Mir ist aufgefallen, dass sie in letzter Zeit nicht mehr so viel grübelt. Es scheint ihr besser zu gehen. Sie kann schon ein paar Wörter lesen und ist ganz stolz, wenn sie ihren Vornamen fehlerfrei schreibt. Anfangs schrieb sie das »S« immer falsch herum, wie ein kleines Kind. Hin und wieder sieht sie zwar traurig aus, zum Beispiel wenn sie auf den schwarzen Fernsehbildschirm starrt. Aber das kommt nicht mehr so oft vor. Und sie ist jetzt aktiv und frei, davon konnte früher nicht die Rede sein. Als Papa noch bei uns wohnte, kam es überhaupt nicht in Frage, dass sie arbeitet, obwohl wir die Kohle dringend gebraucht hätten. Denn in Papas Augen war eine Frau nicht dazu bestimmt, arbeiten zu gehen.

Übrigens hat Hamoudi mir gestern erzählt, dass er einen Job gefunden hat. Er ist zufällig über eine Anzeige in der *Paris Boum Boum* gestolpert. Ein Mietservice für Hi-Fi-, Video- und Computergeräte suchte einen Wachmann. Er hat sofort hingeschrieben und wurde prompt eingestellt. Es ist zwar nicht so toll, dass er nachts arbeiten muss, aber er ist trotzdem froh, dass er eine seriöse Arbeit gefunden hat, das ist besser so. Auch wenn er das Gefühl hat, als Wachhund eingestellt worden zu sein – egal …

Das erinnert mich an die Schilder an manchen Häusern, mit dem Foto eines supergefährlichen Dobermanns und einer Sprechblase: »Vorsicht, bissiger Hund!«, obwohl jeder weiß, dass in diesem Haus nur ein Zwergpudel namens Pummel wohnt, der panische Angst vor Kindern und Fliegen hat.

Diesen Montag war es bei Madame Burlaud überhaupt nicht wie sonst. Ich war kaum reingekommen, da bat sie mich Platz zu nehmen und verließ das Sprechzimmer mit den Worten: »Ich bin gleich wieder da«, wie bei einer Werbepause in einer Unterhaltungssendung. Es dauerte zwanzig Minuten, bis sie wiederkam ... und ich stellte fest, dass sie nach Alkohol roch. Und zwar nicht zu knapp. Gut, das allein war ja noch nicht schlimm ... In der Sitzung hatte ich nicht viel zu erzählen, und irgendwann schlug sie ihre kurzen Beinchen übereinander und fragte mich: »Na, und, hast du vielleicht irgendwas Lustiges auf Lager?« In dem Moment sah ich, dass sie Strapse trug. Ich blickte abwechselnd in ihr Gesicht und auf die Strapse und hielt das für einen gelungenen Witz. Dann fing sie an, mir lauter Fragen über Mama zu stellen, indiskrete Sachen zu ihrem Liebesleben und so ... Ich sagte ihr, sie habe keins mehr, seit ER weg ist. Madame Burlaud wollte wissen, ob ich damit rechne, dass Mama ein neues Leben mit einem anderen Mann beginnt. Und ob! Ich rechne nicht nur damit, ich plane es regelrecht!

Ich habe eine Sendung über Singles und neue Möglichkeiten des Kennenlernens gesehen. Eine Sache nennt sich *»speed dating«*. Das muss irgendwas Schnelles sein. Das weiß ich, weil man bei Speed Burger einen Hamburger bestellen kann, der in zwei Minuten fertig ist, und zwar 100 % Halal. Jedenfalls sind diese *speed datings* organisierte Verabredungen. Du stehst jemandem, den du nicht kennst, sieben Minuten lang gegenüber. Gerade lang genug, um sagen zu können: »Ich mag deine Fresse nicht« oder: »Wohnst du noch bei deiner Mutter?« Leider kann ich mir Mama bei so etwas überhaupt nicht vorstellen. In Wirklichkeit glaube ich nicht daran, dass sie noch mal jemanden kennen lernt. Ich habe das nur gesagt, weil ich es mir wünsche, das ist alles.

Es sei denn, jemand klingelt an der Tür und hält um ihre Hand an. Aber im Moment ist sie ohnehin kaum zu Hause, nur diesen Monat hat sie Ferien von ihrer Fortbildung. Ich werde ihre Sprechzeiten an die Tür hängen, wie bei einem Arzt, vielleicht auch gleich mit bestimmten Auswahlkriterien:

Alkoholiker, Alte und Feiglinge zwecklos.

Vielen Dank für Ihr Verständnis.

Bevorzugt: fleißige, kultivierte, humorvolle, charmante Männer mit schönen Zähnen, Briefmarkensammler und Liebhaber von geschälten Tomaten in der Dose.

Ich weiß, mit den Alten war ich vielleicht ein bisschen hart, aber Alkoholiker kommen gar nicht in Frage. Ich will nie wieder draußen vor einer Kneipe in der Innenstadt warten, bis er mit dem Saufen fertig ist, um ihn nach Hause zu bringen, weil er sich in besoffenem Zustand nicht an den Weg erinnert. Und ich will auch nie wieder die peinliche Situation erleben, während des Ramadan im Sidi Mohamed Market Sixpacks Bier kaufen und die leeren Flaschen anschließend in den Container schmeißen zu müssen. Wenn die Flaschen unten im Container zerschellten, machte es einen Höllenlärm, und das ganze Haus wusste, wie viele Flaschen mein Vater wieder geleert hatte. Für die Unmengen Glas, die er der Wiederverwertung zuführte, hätte er eigentlich eine Ehrenauszeichnung der Republik verdient und das Maskottchen der Ökopartei werden können. Ich hätte gern meinen Vater gegen den Tony Danza aus *Who's the Boss* getauscht, aber der war schon vergeben. Ich glaube, das wird nicht gehen.

Hamoudi mochte seinen neuen Job. Die Gesetzestreue begann ihm zu gefallen. Aber sie haben ihn gefeuert, weil irgendwelche Dinge aus dem Lager verschwunden sind, Waren im Wert von über sechstausend Euro. Und sie hielten Hamoudi für den Schuldigen. Nicht mal seine Eltern glaubten ihm, dass er nichts damit zu tun hat. Aber die sind ohnehin der Ansicht, er würde zu nichts taugen, das sagen sie ihm die ganze Zeit.

Ich habe ihm geglaubt. »Ist auch egal, ich bin sauber, ich habe mir nichts vorzuwerfen, ich habe meinen Job gut gemacht, ich bin nicht ein einziges Mal eingeschlafen! Das Einzige, was sie mir vorwerfen können, ist meine Fresse«, rief er, riss die Augen auf und zeigte mit dem Finger auf sein Gesicht. Ich habe mich nicht getraut, ihm zu sagen, dass er schön ist, aus Angst, er könnte gleich sonst was denken. Hamoudi ist ein ziemlich dunkler Typ mit großen, haselnussbraunen Augen ... Ein richtiger Südländer eben. Er sagt, genau deshalb hätten sie ihn ja verdächtigt. Ich weiß nicht, ob er unter Verfolgungswahn leidet, aber die hatten auf keinen Fall das Recht, ihn ohne Beweise zu beschuldigen. Das macht man nicht.

Das Leben ist wirklich voller Enttäuschungen. Heute Morgen auf dem Rückweg vom Markt belauschte ich im Bus die Unterhaltung von zwei Mädchen und einem Typen. Die beiden Mädchen sahen aus wie Zwillinge. Sie liefen nicht nur mit den gleichen Klamotten und Frisuren rum, sie sprachen auch eine wie die andere.

Der Typ war klein und hatte die ganze Zeit über

den Mund offen stehen. Aber er sagte kein Wort, Gott sei Dank. Er hörte nur zu. Die Mädels kauten Kaugummi und ließen ungefähr nach jedem Satz eine Blase knallen.

»Kennst du *Das Chamäleon*?«

»Klar, voll krass.«

»Guckst du jeden Tag?«

»Yep!«

»Und was sagst du zu dem Typen?«

»Voll krass!« (Blase)

»Der heißt Jarod ...« (Blase)

»Yep, krass! Sieht verdammt cool aus!«

»Ist aber schwul!« (Blase)

»Echt?«

»Echt.« (Blase)

»Wahnsinn! Woher weißt du das?« (Blase)

»Hat meine Schwester gesagt, die hat's aus dem Internet.«

»Yep, echt Wahnsinn. Läuft der da im Internet als Schwuli rum, echt krass, Mann ...« (Blase)

Nicht Jarod. Wenn sie James Dean gesagt hätten, Claude François, Michael Jackson oder Christian Morin, meinetwegen. Aber nicht Jarod. Von der Handlung bekam ich nie viel mit, nur seinetwegen klebte ich immer wie eine Idiotin am Fernseher. Er ist einfach zu schön für diese Welt. Haben die anderen Schwulen ein Glück.

Madame Burlaud sagt immer, ich müsste mein Leben lang mit Enttäuschungen fertig werden, daran sollte ich mich gewöhnen. Kann ja sein. Aber das hier stand nicht im Vertrag.

Komisch, ich muss die ganze Zeit an Nabil die Null denken, ich verstehe immer noch nicht, warum er das getan hat. Warum er sich plötzlich entschlossen hat, mir seinen großen Mund aufzudrücken. Und dann auch noch mit diesen dicken Lippen – ich hatte regelrecht Angst, er würde mich aufsaugen, dann wäre ich in seinem Innern gefangen. Und wenn ich wieder draußen wäre, würden mich Fernsehsender aus aller Welt zu meinem Aufenthalt in Nabil dem Loser interviewen wollen. Anschließend würde ich ein Buch schreiben mit dem Titel *Die Reise zum Mittelpunkt des Nabil,* das der absolute Bestseller würde.

Ich wüsste zu gern, wann er zurückkommt, nur so, aus purer Neugier. Ach ja, und auch, um ihm zu sagen, dass er mir noch eine Erklärung schuldet: Er hat nämlich nicht nur Akne, er verscherzt es sich echt mit allen.

Mama hat diese Woche noch Ferien, also machten wir zusammen einen Ausflug nach Paris. Sie hat zum ersten Mal den Eiffelturm aus der Nähe gesehen, obwohl sie seit fast zwanzig Jahren gerade mal eine halbe Stunde entfernt wohnt. Sie kennt ihn sonst nur aus dem Fernsehen, von den 13-Uhr-Nachrichten oder wenn er Silvester beleuchtet ist und die Leute zu seinen Füßen feiern, tanzen, sich umarmen und voll stopfen. Jedenfalls war sie ganz schön beeindruckt.

»Der ist bestimmt zwei oder drei Mal so hoch wie unser Haus, oder?«

Ich antwortete, ja, bestimmt. Nur dass die Touristen unser Haus und die Cité insgesamt nicht so interessant finden. Da gibt es keine Mafiagangs von Japanern mit Fotoapparat vor der Tür. Die Einzigen, die sich dafür interessieren, sind verlogene Journalisten, die beschissene Reportagen über die Gewalt in den Vorstädten schreiben.

Mama hätte sich den Eiffelturm noch stundenlang ansehen können. Ich finde ihn hässlich, aber beeindruckend ist er schon, weil er so hoch ist. Ich wäre gern mit den roten und gelben Aufzügen hochgefahren, die aussehen wie Ketchup und Mayo, aber das war zu teuer. Außerdem hätte man mit Deutschen, Italienern, Engländern und einem Haufen anderer Touristen Schlange stehen müssen, die weder Angst vor der Höhe haben noch davor, ihr Geld aus dem Fenster zu werfen. Wir hatten auch nicht genug Geld, um eine Miniaturausgabe des Eiffelturms zu kaufen. Die ist zwar noch hässlicher als das Original, aber irgendwie wäre es schick, eine auf dem Fernseher stehen zu haben. Das ist der totale Wucher an den Touri-Ständen. Dabei verkaufen die Typen nur Mist. Am Ende hat mir auch noch eine Taube auf die Schulter geschissen. Ich habe unauffällig versucht, mich an einer Statue von Gustave Eiffel, 1832–1923, abzuwischen, aber die Kacke war ziemlich hartnäckig. In der Bahn glotzten alle Leute auf den Fleck, das war vielleicht eine *Hschuma*. Ich war so sauer – ausgerechnet die Jacke, die einen nicht ganz so ärmlichen Eindruck macht. In den anderen sehe ich aus wie das arme Dienstmädchen Cosette. Aber eigentlich ist mir egal, ob man es sieht oder nicht, arm bin ich so oder so. Später, wenn ich ein bisschen mehr Busen und Grips habe, wenn ich also erwachsen bin, dann werde ich Mitglied in einem Verein, der den Leuten hilft.

Zu wissen, dass andere einen brauchen und dass man nützlich sein kann, ist doch ein tolles Gefühl.

Vielleicht könnte ich dann auch mal Blut oder eine meiner Nieren einem Kranken spenden, der schon lange auf der Warteliste steht. Aber nicht nur, um ein gutes Gewissen zu haben und mich beim Abschminken abends nach der Arbeit in aller Seelenruhe im Spiegel ansehen zu können, sondern weil ich es wirklich möchte.

Lila und Sarah sind wieder zurück aus Toulouse, sie haben mir Kekse mitgebracht. Bestimmt gibt es nicht den geringsten Zusammenhang zwischen Toulouse und diesen Keksen, trotzdem ist es eine nette Geste. Lila hat erzählt, wie es bei ihrer Schwester war. Und sie hat viel von sich geredet, über ihr Leben, bevor sie in die Cité du Paradis kam, mit Sarahs Vater und so …

Lila kommt aus Algerien, wie Tante Zohra. Sie hat ihre Familie sehr früh verlassen, weil sie ihr eigenes Leben führen wollte, wie in den Romanen, die sie mit sechzehn Jahren las. Als sie Sarahs Vater kennen lernte, war sie noch sehr jung. Die beiden verliebten sich sofort ineinander. Ihre Geschichte begann wie in einem Sonntagnachmittagsfilm: endlose Spaziergänge an herrlichen Sommertagen und alle zehn Meter ein »Ich liebe dich« …

Leider waren beide Familien gegen die Verbindung. Die Familie von Sarahs Vater ist seit, keine

Ahnung, mindestens achtzehn Generationen bretonisch, während Lilas Familie fest in Algerien verwurzelt ist und Wert auf Brauchtum und Religion legt Lilas Verwandte waren also prinzipiell dagegen und die Leute ihres Exmanns hatten so ihre Probleme mit der Sonnenbräune. Dennoch beschlossen die beiden zu heiraten, obwohl es schon damals heftig kriselte. Lila sagte, rückblickend wäre ihr mittlerweile klar, dass sie es mehr aus Trotz taten denn aus Liebe. Den Tag ihrer Trauung hat sie übrigens in ganz schlechter Erinnerung. Eine Stimmung wie auf dem Friedhof, kaum ein Gast kam aus ihrer Familie, und rein zufällig war im Hochzeitsessen, das der Schwiegervater zubereitet hatte, jede Menge Schweinefleisch. Am liebsten hätte er wohl noch welches in die Hochzeitstorte gemischt. Er riss dumme Witze über Religion und schüttete sich aus vor Lachen. Bei jedem Familienessen – wenigstens bei allen, zu denen sie eingeladen war – kramte er diese atheistischen Witze wieder hervor. Und Lila fühlte sich dort ohnehin nicht wohl ...

Eines Tages hatte sie die Sprüche ihres Schwiegervaters, die Würstchen zum Aperitif und ihren notorisch arbeitslosen Mann, der die ganze Zeit auf dem Sofa herumgammelte, sich irgendwelche Wiederholungen im Fernsehen anglotzte und dabei Bier soff, schließlich satt. Also reichte sie die Scheidung ein, was gar nicht so einfach war. Heute zieht sie ihre Tochter alleine groß, aber sie hofft immer noch, jemanden kennen zu lernen, der wirklich »zu ihr passt«. Das erinnerte mich an einen Artikel über allein erziehende Mütter, den ich in einer Zeitschrift beim Arzt gelesen hatte. Eins wurde mir jedenfalls klar: Hinter Lilas Fassade als Kassiererin eines Supermarkts, die sich interessante Artikel aus der *Femme actuelle* ausschneidet, steckt eine hoffnungslose Romantikerin.

Vielleicht ist das, was die Frauenzeitschriften über den idealen Mann schreiben, ja gar nicht so falsch. Es gibt dreiseitige Artikel darüber, dass der Richtige, also der Mann, den du brauchst, nie weit weg ist, man bemerkt ihn nur oft nicht gleich. Dann kommt der Bericht von Simone, neununddreißig, die erzählt, dass ihr früherer Flurnachbar Raymond sich am ersten Tag in sie verliebt hatte. Anfangs würdigte sie ihn keines Blickes, aber heute ist er die große Liebe ihres Lebens. Sie sind verheiratet und haben zwei Kinder. Das ist die Geschichte. Sie sind glücklich, weil sie ein stinknormales spießiges Leben führen wie alle anderen.

Wer weiß, vielleicht ist der ideale Mann, den ich jetzt keines Blickes würdige und mit dem ich später zwei Kinder habe, ja Nabil … Früher habe ich mich über ihn lustig gemacht und ihn eine arme Socke genannt. Aber wenn ich die Sachlage genauer betrachte, hat er mir monatelang geholfen, ohne etwas dafür zu verlangen. Außerdem war es ziemlich mutig von ihm, mich einfach so zu küssen, ich hätte ihn ja auch irgendwohin treten können, wo es richtig wehtut. Madame Burlaud würde mir sicher raten, Nabil eine Chance zu geben. Eigentlich ist er ja auch gar nicht so schlimm. Im Grunde ist er sogar ganz in Ordnung. Und so eine Akne dauert schließlich auch nicht ein Leben lang.

Wenn er aus den Ferien zurück ist, werde ich richtig mit ihm reden und nicht mehr die Autistin spielen, wie ich es sonst immer mache, um mich zu schützen. Vielleicht ist es ja auch gar nicht nötig, dass ich viel rede. Es wird so laufen wie in den Liebesfilmen, wo die Helden sich ganz ohne Worte verstehen. Hoffentlich ist es bei Nabil und mir genauso. Das käme mir sehr entgegen …

Mit Mama habe ich noch nicht darüber gesprochen, aber ich glaube, sie mag Nabil, weil er ein ehrgeiziger Typ ist. Er will sich sogar bei *Bigdil* bewerben und das Auto gewinnen. So etwas bewundere ich, ich habe nämlich überhaupt keine Pläne für die Zukunft. Ich sollte es so machen wie Sheriff, der schon seit Jahren Pferdetoto spielt und jedes Mal verliert. Aber er pfeift drauf und macht weiter. Vielleicht ist das die Lösung: immer einen Funken Hoffnung bewahren und keine Angst vor dem Verlieren haben.

In der Cité gibt es Neuigkeiten von Samra, der Gefangenen aus unserem Haus, die von ihrem Bruder und ihrem Vater so zur Verzweiflung getrieben wurde, dass sie irgendwann abhaute. Angeblich ist sie vor ein paar Tagen gesehen worden, ganz in der Nähe oder ganz weit weg, ich weiß nicht mehr. Auf jeden Fall heißt es, sie sei wegen eines Jungen von zu Hause weggelaufen. Ich hatte mir schon gedacht, dass sie einen guten Grund haben musste, aus ihrem Knast auszubrechen. Anscheinend geht es ihr gut. Den Typen hat sie wohl letzten Dezember in einem Spielwarengroßhandel kennen gelernt, wo sie in den Ferien arbeitete. Ihr Job war es, die Weihnachtsgeschenke einzupacken, und ihre gute Technik muss dem Typen, der auch dort arbeitete, gefallen haben. Alle sagen, er ist ein *Toubab,* also ein Weißer, ein Camembert, eine Aspirin … Samras Bruder, der einen Boxhandschuh an Stelle eines Gehirns hat, will den armen Kerl umbringen, dabei hat der nur den Fehler begangen, seiner Schwester ein bisschen Liebe zu geben. Wenn man mich fragt, mussten sie untertauchen, damit sie ihre Ruhe hatten – wie Flüchtlinge, die nur den Wunsch haben, ganz normal zu leben. Manchmal habe ich den Eindruck, einige Menschen müssen sich alles mühsam erkämpfen. Sogar die Liebe.

Na ja, aber jetzt ist sie ja mit dem Mann, den sie liebt, zusammen, weit weg von ihrem Zuchthaus-Zuhause, und kann machen, was sie will. Im Großen und Ganzen ist sie frei. Wenigstens mehr oder weniger … Denn er darf bloß nicht mit ihr Schluss machen. Sollte er nach einem Jahr ihre Sachen die Treppe runterschmeißen und ihr »Hau ab!« hinterherbrüllen, könnte die Ärmste sich nur noch leise verkrümeln. Sie müsste sich ein schäbiges Hotelzimmer nehmen und es mit einem Teil des Geldes bezahlen, das sie in der Wäscherei als Büglerin verdient. Und vor allem würde sie an nichts mehr glauben. Weder an die Männer noch an die Liebe.

Ich bekomme Weisheitszähne. Es tut verdammt

weh. Wahrscheinlich muss ich zu Madame Atlan. Madame Atlan ist die Zahnärztin in unserem Viertel. Bei ihr muss man keine Angst haben. Sie ist sehr nett, aber sie scheint ihren Beruf während des Golfkriegs oder einer türkischen Invasion erlernt zu haben, ich weiß nicht mehr. Jedenfalls ist sie für eine Frau ziemlich brutal. Einmal hätte sie mir fast den Kiefer rausgerissen. Ich versuchte zu schreien und zappelte auf dem Stuhl herum, damit sie meine Schmerzen bemerkt, aber sie ließ sich nicht stören und meinte nur: »Du bist ein tapferes Mädchen, weiter so!«

Ich hatte immer noch fiese Schmerzen, deswegen versuchte sie mich abzulenken: »Magst du eigentlich Couscous mit Hackbällchen?«

Als Jugendliche konnte sie sich bestimmt nicht entscheiden, ob sie Catcherin, Geheimagentin oder Zahnärztin werden sollte. Die Wahl fiel ihr garantiert nicht leicht, aber schließlich entschied sie sich für den Beruf, der Gewalt und Perversion am besten vereint. Das war für eine Psychopathin wie sie sicher am amüsantesten.

Ich könnte mir vorstellen, dass sie in meinem Alter depressiv und leicht masochistisch veranlagt war. Wahrscheinlich kleidete sie sich wie Action Man, hörte abends zum Einschlafen Hard Rock und aß statt Süßigkeiten löffelweise Kaffeepulver. Und als sie eines Tages im Supermarkt ein Paket Reis kaufte, verliebte sie sich in den schwarzen Amerikaner, dessen Foto auf dem orangefarbenen Karton prangte. Der Typ hieß Uncle, und sein Nachname war Ben's. Der alte Ben's ist schon seit Jahren auf den Reispaketen, er muss also steinalt sein. Wer weiß, vielleicht ist er längst tot und keiner ahnt es. Vielleicht hat die Reisfirma Uncles Tod aller Welt verschwiegen, um die vielen Kunden nicht zu enttäuschen. Möglicherweise ist der arme Uncle völlig vereinsamt und allein gestorben, mitten in einem Reisfeld. Und was ist mit dem Jungen auf den Schachteln der Kinderschokolade – das Foto ist doch mindestens zwanzig Jahre alt! Der Typ ist heute bestimmt dreißig, leitender Angestellter in einem Unternehmen, das Deos mit Lavendelduft herstellt, mit einer dickbusigen Blonden verheiratet und lebt in den Staaten in einem dieser schicken Vororte, in denen ein Haus aussieht wie das andere, mit Swimmingpool und Jeep davor. Und alle haben einen Hund, der nicht beißt, sondern lieb in seiner Hundehütte sitzt, auf der sein Name steht: Walker.

Ich frage mich, warum die Weisheitszähne so heißen ... Weil man immer mehr weiß, je größer sie werden? Dann weiß ich jetzt, wie sehr Wissen wehtut.

Ich muss schon sagen, das hätte ich wirklich nicht gedacht. Sarah hat mir alles erzählt. Wenn sie nicht schon vier Jahre alt wäre, hätte ich ihr kein Wort geglaubt. Als ich gerade in einer von Lilas Zeitschriften blätterte, baute sie sich vor mir auf, sah mich mit ihrem »Ich weiß etwas, was du nicht weißt«-Blick an und sagte: »Und meine Mama ist nämlich in den großen Kerl mit den schlechten Zähnen verliebt.«

Lila und Hamoudi! Ich dachte, ich bekomme einen Asthmaanfall. Wie konnten sie mir das antun? Ich fühlte mich wie in einer Reportage der Sendung *Von sieben bis acht*, moderiert von Ken und Barbie: »Erst fünfzehn Jahre und schon völlig ernüchtert. Das Leben ist für sie nur eine kurze Illusion. Seit ihrer Geburt ist sie eine herbe Enttäuschung für ihre Eltern. Vor allem für ihren Vater, der einen kleinen Jungen von 3500 g und 51 cm erwartet hatte, ausgestattet mit einem Pimmel von durchschnittlicher Größe, vielleicht um sich in seiner eigenen Männlichkeit bestätigt zu sehen. Und dann die Tragödie: Er zeugt ein kleines Mädchen, das sich heute schon fragt, was es eigentlich hier soll ...«

In diesem Moment erscheine ich auf dem Bildschirm, mit verschwommenem Gesicht und künstlich verzerrter Stimme, die wie in einem Zeichentrickfilm klingt. Ich drehe mich zur Kamera um und packe aus: »Na ja, ich meine, wofür lebt man eigentlich? Ich habe noch keinen Busen, mein Lieblingsschauspieler ist schwul, überall herrschen Krieg und Ungerechtigkeit, und dann kommt der

Hammer: Hamoudi hat etwas mit Lila und sagt mir kein Wort! Es ist doch: ein Scheißleben ...«

An diesem Punkt übernimmt eine männliche Stimme aus dem Off, begleitet von einer unheimlich traurigen Hintergrundmusik.

»Die Kleine hat nicht Unrecht ... Es ist wirklich ein Scheißleben. Ich glaube, ich werde aufhören, die Offstimme im Fernsehen zu sprechen, dieser Job ist doch Kacke, man bekommt nicht die geringste Anerkennung, ich meine, von uns will niemand ein Autogramm auf der Straße, wir werden nicht berühmt, das ist ein Beruf für Idioten. Ich werde eine Selbsthilfegruppe gründen, *Die anonymen Offstimmen,* weil kein Schwein meinen Namen im Abspann zur Kenntnis nimmt. Ich habe es satt, ich kann nicht mehr ...

Und da ich heute schon mal die Gelegenheit habe, möchte ich gleich mein Auto zum Verkauf anbieten. Ein grüner Twingo in gutem Zustand, so gut wie neu, gerade mal sieben Jahre alt ...«

Ausgerechnet von Sarah musste ich es erfahren. Und was kommt als Nächstes? Warum hat Hamoudi mir nichts erzählt? Hält er mich für ein kleines Mädchen? Vielleicht meint er, ich würde nichts von solchen Sachen verstehen? Ich habe schon viel kompliziertere Dinge verstanden. Wenn Mama irgendwelche Formulare auszufüllen hat, mache ich das immer für sie, das war schon so, als mein Vater noch da war. Obwohl es mir sonst wo stand, denn dieser Steuerkram ist das reinste Chaos. Einmal fragte ich meinen Vater, wie Mama und er das denn früher hingekriegt hätten, als ich noch nicht lesen und schreiben konnte. Das hielt er für eine Unverschämtheit. Er hat mich geschlagen. Und nicht mal wenig. Lange und doll. Aber ich habe nie geweint. Jedenfalls nicht vor ihm, denn mein Vater war genauso wie der von Hamoudi: Er dachte, Mädchen wären schwach und könnten nur weinen und Geschirr abspülen.

Zum Glück sind nicht alle Väter so. Nabils Vater zum Beispiel ist nett. Er hat ihn noch nie geschlagen und redet mit ihm über alles. Wenn schönes Wetter ist, gehen sie sogar zusammen spazieren. Nabil hat wirklich Glück: Seine Eltern sind gebildet, sie können lesen und schreiben, und zu seinem dreizehnten Geburtstag haben sie ihm diese verdammten Inlineskates gekauft, von denen ich mein Leben lang träume und die ich mir Weihnachten aus einem Versandhauskatalog ausgeschnitten habe, nur um sie mal aus der Nähe zu sehen.

Hamoudi hat nichts kapiert. Ich bin kein kleines Mädchen mehr.

Madame Burlaud hat völlig Recht: Mit der Zeit ändert sich so manches. Die Frau sollte sich auf chinesische Sprichwörter spezialisieren. Sie sagte das neulich zu Mama, die durch ihren Kurs einen neuen Job gefunden hatte. Als sie mir die Neuigkeit mitteilte, sah sie richtig glücklich aus, und das war schon eine Ewigkeit nicht mehr vorgekommen. Sie arbeitet jetzt in der städtischen Kantine und teilt den Kindern der Jean-Moulin-Grundschule das Mittagessen aus. Auf ihrer Schürze steht sogar in rosafarbenen Buchstaben ihr Name: Yasmina.

Nur eine Kleinigkeit stört sie: Vor allem dienstags wird in der Kantine oft Schweinefleisch gekocht, und sie ist überzeugt, dafür in die Hölle zu kommen. Einmal hat sie mir anvertraut, das *haâlouf* habe doch richtig lecker ausgesehen … Ich musste ganz schön lachen. Aber sie hatte ein unglaublich schlechtes Gewissen, so etwas auch nur gedacht zu haben.

Ich weiß nicht, was sie bei der Fortbildung mit ihr angestellt haben, aber sie ist nicht mehr dieselbe. Sie ist viel glücklicher, viel ausgeglichener. Das haben sie in der *Paris-Match* auch über Céline Dion geschrieben, nach der Geburt ihres Babys René-Charles. Außerdem kann Mama langsam immer besser alleine lesen. Einzelne Silben liest sie schon fast fehlerfrei. Manchmal bleibt sie auf der Straße plötzlich stehen, um Werbeplakate oder die Schilder über den Geschäften zu lesen. Neulich hat sie sogar eine Zeitung gekauft. Okay, es war nur die *Charlie Hebdo,* weil da so viele Bilder drin sind, aber immerhin … Selbst die Cyborg-Tante musste zugeben, dass Mama große Fortschritte macht.

Die fällt mir gerade ein, weil sie neulich überraschend zu Besuch kam. Sie stellte eine Menge Fragen über Mamas neue Arbeit, dann begann sie über meine Schullaufbahn und meine Zukunft im Friseurberuf zu sprechen. Was denkt die sich eigentlich? Dass es meine große Leidenschaft ist, anderen in den Haaren herumzufummeln? So eine

***(Autozensur)! Offensichtlich hat sie es versäumt, sich die entscheidenden Sätze in unserer dicken Akte mit dem Textmarker anzustreichen. Sie hat noch nicht kapiert, dass ich überhaupt keine Wahl hatte. Da hielt die dumme Kuh sich plötzlich für ganz schlau, sah mich an und sagte:

»Es ist aber zu einfach, sich nicht zu entscheiden und andere die Wahl für dich treffen zu lassen, Doria …«

Da habe ich eine hollywoodreife Vorstellung hingelegt. Ich sah ihr direkt in die Augen und fragte sie mit weinerlicher Stimme und einem Tränchen im Augenwinkel: »Meinen Sie wirklich?«

Das hat die Cyborg-Puppe ganz schön aus dem Konzept gebracht! Weil ihr dazu nichts einfiel, begann sie mit Mama über den Krieg im Irak zu reden.

»Frauen und Kinder haben immer am meisten darunter zu leiden. Krieg ist einfach furchtbar! Und, ach ja: Ich habe gehört, dass Sie die Miete für diesen Monat pünktlich überweisen konnten, richtig?«

Derweil schritt ich in königlicher Haltung in die Küche, um den Gasherd zu schrubben, bevor Cyborg ihre Inspektion antrat, denn der sah ziemlich eklig aus.

Vielleicht sollte ich ja so was machen. Ich meine, schauspielern. Kino ist doch wirklich Klasse. Dann bin ich umgeben von Ruhm, Geld, Preisen … Ich sehe mich schon auf dem Festival von Cannes posieren und im Blitzlichtgewitter der Paparazzi lächeln, gekleidet wie Sissi, die Kaiserin. Ich würde der Menge, die gekommen ist, um mir zuzujubeln, ganz lässig zuwinken. All die Leute wären nämlich nur gekommen, um mich zu sehen – nicht Nicole Kidman oder Julia Roberts, nein, nur mich. Und Mama würde in den Fernsehinterviews ganz gerührt sagen: »Isse schon lanke Zeit, isch träume von meine Tochter, die Treppen von Cannes aufsteigen, isse wundebar, viele Danke …« Nicht die Treppen, Mama, die Stufen … Während ich also die Stufen emporsteige, hoffe ich insgeheim, die Zeremonie möge auch im marokkanischen Fernsehen übertragen werden. Mein Vater wird sich dafür in den Hintern treten, abgehauen zu sein, denn nun ist seine Tochter ein Star. Kein dummes Bauernmädchen. Während der Preisverleihung im großen Saal des Palastes sehe ich in der ersten Reihe Mama, Hamoudi, die schwangere Lila, Sarah und Madame Burlaud. Robert De Niro bittet mich auf die Bühne, um den Preis für die beste weibliche Hauptrolle in Empfang zu nehmen. Der Lümmel nutzt die Gelegenheit, mich zu küssen und unbemerkt seine Handynummer in mein Dekolleté gleiten zu lassen. Das Publikum ist aufgesprungen. Ich vor all diesen Menschen. Stürmischer Beifall! Vorausschauend wie ich bin, habe ich eine geistreiche Rede vorbereitet. Und damit das Ganze ungezwungener, authentischer und ganz natürlich rüberkommt, habe ich sie auswendig gelernt: »… Nicht zuletzt danke ich dem Sozialamt von Seine-Saint-Denis, dass es die Reise nach Cannes übernommen hat … Danke, liebes Publikum!«

Das ist noch nicht alles, mir fällt nur gerade auf, dass ich, statt zu träumen, diesen beschissenen

Gasherd etwas gründlicher bearbeiten sollte, er ist nämlich echt versifft. Diese Überraschungsbesuche sind zum Kotzen.

Nach ihrer kleinen Inspektionsrunde verabschiedete sich unsere werte Cyborg-Lady endlich.

Wir dachten, damit wäre es gut. Feierabend. Schnitt. Alle verlassen den Drehort. Aber nein. Eine Viertelstunde später tauchte sie erneut auf, in totaler Panik und völlig außer Atem, weil sie alle Stockwerke zu Fuß hochlaufen musste – der Aufzug ist mal wieder kaputt. Sie erklärte, jemand habe ihren Opel Vectra geklaut, den sie genau vor dem Haus geparkt hatte. Sie war noch einmal hochgekommen, um ein Taxi zu rufen. Worauf Mama erstaunt erwiderte: »Aber Madame, das Telefon ist uns doch schon vor zwei oder drei Monaten abgestellt worden.« Die Cyborg-Tussi guckte, als hätte sie den Leibhaftigen gesehen: »Das stand aber gar nicht in der Akte …!«

Als ich neulich abends Hamoudi traf, hat er mir von der Geschichte mit Lila erzählt. Eigentlich wollte ich ernsthaft und erwachsen mit ihm darüber diskutieren, warum er mir nichts davon gesagt hat … Aber dann habe ich mich doch nicht getraut. Er sah so verliebt aus. Ich wollte ihm seine euphorische Stimmung nicht versauen. Zwei Stunden lang hat er nur von ihr gesprochen. Lila hat Rimbaud abgelöst. Der Dichter ist weg vom Fenster. Abgemeldet. Er hat sogar vor, sie mit dem Geld von seinen Drogendeals zu einem Wochenendtrip einzuladen.

Und dann fing er an, über das Schicksal zu reden. Nicht schon wieder! Irgendwie hängt hier immer alles mit dem Schicksal zusammen. Egal ob gut oder schlecht. Mich scheint das Schicksal allerdings gerade nicht so zu mögen. Madame Burlaud sagt, ich hätte es mir immer noch nicht abgewöhnt, dauernd enttäuscht zu sein. Die ist nicht nur helle, sie ist ultrahell. Sie hat Recht, das hat sie mir schon vor den Ferien gesagt. Mit dem Ergebnis, dass ich mich den ganzen Sommer über quäle. Da ich nichts Besseres zu tun hatte, bereitete ich mich mental auf Nabils Rückkehr vor. Ich erwartete tatsächlich irgendein spektakuläres Ereignis, so etwas wie *The Return of Nabil 2*. Ja, genau, die Rückkehr von Nabil der Obernull.

Ich war bereit, ihm von dem Gefühlschaos in meinem Innern zu erzählen. Und dann kommt dieses kleine Pickelschwein sonnengebräunt aus dem Urlaub zurück und kennt mich einfach nicht mehr. Ja, seit Nabil aus Djerba zurück ist, lässt er mich total links liegen. Er geht an mir vorbei, ohne Hallo zu sagen. Und dann hat er neuerdings auch noch einen Ohrring und ein paar Barthaare am Kinn. Er ist erwachsen geworden, er ist jetzt was Besseres – das war's dann wohl.

Wie in *Grease* mit Olivia Newton John und John Travolta. Da ist es auch Sommer. Olivia und Travolta sind im siebten Himmel. Sie rennen über den Strand, trällern fröhliche Lieder und küssen sich leidenschaftlich am Fuße der Felsen. Nach den Ferien ist Olivia immer noch total verliebt, aber Travolta will vor seinen Kumpels aus seiner Klasse gut dastehen und lässt sie links liegen, weil sie ihm peinlich ist. Er hat sie ganz schön verarscht. Und sie, das dumme Mäuschen mit ihrem Pferdeschwanz und ihrem rosa Kleid, läuft heulend davon. Die Frau, das schwache Geschlecht. Aber der wirkliche Arsch ist Travolta mit seiner knallengen Lederhose und der albernen Frisur. Als ich die Geschichte mit Nabil am Montag Madame Burlaud erzählte, hatte sie gleich eine passende Antwort, um mich aufzumuntern. Aber ohne Absicht …

»Vielleicht mag Nabil lieber Jungs? Hast du daran schon mal gedacht?«

Ja, sicher, das wird's sein. Genau wie Jarod. Wer weiß. Bei so einer Mutter kann ein Junge ja nur schwul werden, oder? Dann kennt er wenigstens alle Lieder von Dave auswendig und trägt enge Unterwäsche.

Tsss. So ein Schwachsinn. In Wirklichkeit hat Madame Burlaud keinen blassen Schimmer, ob Nabil andersrum ist oder nicht. Und ich weiß nur, dass ich ein bisschen enttäuscht bin, weil ich dachte, er mag mich, das ist alles …

Unsere Nachbarin Rachida, die größte Tratschtante der Cité, hat uns neulich besucht. Sie schenkte uns dreißig Euro und Lebensmittel für die ganze Woche. Hin und wieder bekommen wir eine Spende von Leuten aus dem Viertel, das hilft ganz schön. Aber das Allerbeste an der dicken Rachida ist, dass sie uns einen Remix aller High-Society-News aus der Cité du Paradis bringt. Sie versorgt uns mit brandheißen Neuigkeiten und auf die besonders pikanten ist sie stolz wie auf ihren ersten Sohn.

Diesmal hatte Rachida wieder was von Samra zu berichten, der Gefangenen aus dem elften Stock, die mit ihrem Lover durchgebrannt ist. Angeblich hat sie ihn jetzt tatsächlich geheiratet.

Samras Vater, Folterer im Ruhestand (weil seine Tochter weg ist), stolperte eines Morgens in der Zeitung zufällig über die Rubrik »Frisch vermählt« und las dort den Namen seiner Tochter, also seinen eigenen, neben dem Namen von diesem bleichgesichtigen *Toubab*. Weil der Alte das nicht verkraften konnte, wurde er krank, es geht das Gerücht, seine eine Körperhälfte wäre gelähmt. Sicher durch den Schock, seinen Namen in solcher Weise beschmutzt zu sehen. Den Namen, den sein Vater, sein Großvater und andere Männer vor ihm schon trugen. Wahrscheinlich wieder so eine Frage der Ehre ...

Eines Tages wird Samras Vater bestimmt auf die Rubrik »Geburtsanzeigen« stoßen und fortan beidseitig gelähmt sein. Wenn er seinen Stolz einen Moment beiseite lassen könnte, würde er einsehen, dass das Glück seiner Tochter am wichtigsten ist. (Jetzt höre ich mich schon an wie in einer dieser moralgetränkten amerikanischen Serien, aber dazu stehe ich.)

Und da ja alles irgendwie Schicksal zu sein scheint, glaube ich ohnehin nicht mehr an so einen Quatsch wie Zufälle.

Es ist kein Zufall, wenn »Passe-Partout«, der Zwerg aus *Fort Boyard,* im bürgerlichen Leben Fahrscheinkontrolleur ist und mit richtigem Namen André Bouchet heißt. Eines Tages fährst du mit der Metro schwarz und da taucht ein kleiner Kontrolleur auf, der deinen Fahrschein sehen will. Erst siehst du niemanden, bis du nach unten schaust. Weglaufen nützt jetzt gar nichts, der Kleine rennt superschnell, das weiß ich aus dem Fernsehen. Vielleicht sind ja alle aus der Sendung Beamte. Wenn sie uns das Fernsehen jetzt auch noch zudrehen wie neulich das Telefon, dann gute Nacht, dann habe ich gar nichts mehr ... Als wir in der Schule über das Mittelalter sprachen, erklärte uns Monsieur Werbert, dass die bunten Fenster in der Kirche die Bibel der Armen waren, für die Leute, die nicht lesen konnten. Heutzutage ist das Fernsehen der Koran der Armen.

Wenn ich fernsehe, hört Mama Enrico Macias und strickt dabei. Ach ja, das habe ich ganz vergessen: Sie hat wieder angefangen zu stricken. Früher, als Papa noch da war, hat sie oft gestrickt. Jetzt strickt sie zu Hause zusammen mit »Jackeline«, also Jacqueline, ihrer Kursleiterin, mit der sie sich angefreundet hat. Bevor sie alt und grau wurde, war Jacqueline einmal blond. Das hat sie mir selbst erzählt. Sonntags macht sie manchmal Rhabarberkonfitüre, und weil ihre Nachbarn Fußballfans sind, kann sie an den Abenden, wenn gespielt wird, schlecht einschlafen. Jacqueline ist nett. Einmal hat Mama ganz beiläufig erwähnt, dass sie ein Wachstuch bräuchte, nur so, und in der Woche drauf brachte Jacqueline ihr ein Wachstuch mit. Es war zwar potthässlich, mit Jagdszenen drauf, große Hirsche und ganz viele Bambis, die abgeknallt werden … Aber nett fand ich es trotzdem.

Außerdem interessiert Jacqueline sich für fast alles, sie stellt Mama eine Menge Fragen zur marokkanischen Kultur und Religion und zu vielen anderen Dingen: »Nur damit ich weiß, ob das stimmt, was sie im Fernsehen alles sagen …«

Und manchmal erzählt sie Mama Geschichten aus der Bibel. Neulich die von Job. Ich weiß noch, wie wir mal einen Auszug davon bei Madame Jacques im Unterricht gelesen haben. Als ich mit Lesen dran war, hat sie gemeckert, weil ich statt Job »Dschob« gesagt habe. Ich habe es englisch ausgesprochen. Die alte Schachtel warf mir vor, ich würde »unsere schöne Sprache beschmutzen« und ähnlichen Schwachsinn. Was kann ich dafür, ich wusste vorher nicht mal, dass dieser Typ existiert, dieser Job. Originalton Madame Jacques: »Sie sind schuld, dass unsere Kultur im Koma liegt!«

Dank Lila ist Hamoudis Pechsträhne beendet. Er hat eine neue Arbeit gefunden: Wachmann bei Malistar, dem kleinen Supermarkt. Es ist nur vorübergehend, bis er etwas anderes gefunden hat und um endlich mit dem Dealen aufzuhören. Er raucht jetzt viel weniger. Wir sehen uns auch nicht mehr so oft. Aber ihm geht es besser und darauf kommt es an. Er, der immer sagte, es wäre sowieso alles im Arsch, es gäbe für ihn keinen Weg da raus. Aber wenn er das sagte, entschuldigte er sich anschließend immer gleich: »Ich habe nicht das Recht, einem fünfzehnjährigen Mädchen solche Sachen zu sagen. Hör einfach nicht hin, okay? Man darf nie die Hoffnung verlieren! Verstehst du?«

Das hörte sich fast an wie eine Drohung. Aber er hatte Recht. Jetzt hat er seinen Notausgang gefunden. Er spricht sogar davon, sein Leben mit Lila zu teilen. Das heißt, es gibt noch mehr als Rapmusik und Fußball. Die Liebe ist auch ein Weg.

Der erste Tag nach den Sommerferien ist, neben Weihnachten, einer der schlimmsten Tage im Jahr. Ich hatte schon drei Tage vorher Durchfall. Bei dem Gedanken an eine neue Schule, die man nicht kennt, und an die ganzen Leute, die man nicht kennt und, was viel schlimmer ist, die einen auch nicht kennen – also ich bekomme da Dünnpfiff. Verzeihung, Diarrhö. Das hört sich nicht so eklig an.

Meine neue Schule heißt Lycée Louis-Blanc. Wer war das noch mal, Louis Blanc? Ich habe im Wörterbuch für Eigennamen nachgesehen. Mit so einem Namen steht man mit Sicherheit im Wörterbuch für Eigennamen.

»Louis BLANC (1811–1882). Journalist und reformistischer Sozialist.«

In Frankreich genügen drei Wörter auf *-ist,* schon wird eine Schule, eine Straße, eine Bibliothek oder eine Metro-Station nach einem benannt. Ich hielt es für klug, mich ein wenig zu informieren, man kann ja nie wissen. Falls irgendein Penner mich fragt: »He, du da! Wer war Louis Blanc?« Dann würde ich diesem Blödmann, der glaubt, er könnte mich einschüchtern, gerade in die Augen sehen und sagen: »Journalist, Sozialist, Reformist ...« Und zwar mit amerikanischem Akzent, wie in den Filmen, die wir im Englischunterricht im Original sehen würden. Ha, wenn du meinst, du könntest mich fertig machen, hast du dich geschnitten! Obwohl du bestimmt nicht mal *be*schnitten bist, du Depp.

Am Morgen des ersten Schultags war Mama wirklich süß. Sie wollte, dass ihre Tochter bei diesem Anlass die Schönste ist. »In der neuen Schulle, der *jdida ... Hamdoullah*!« Also in der neuen Penne. Sie hat meine am wenigsten hässlichen Klamotten gebügelt, vor allem meine gefälschte Levi's (ein sehr gutes Imitat), die sie mir auf dem Markt gekauft hat. »Madame, Monsieur, das ist die Gelegenheit! Eine echte Gelegenheit! Eine Levi's für zwölf Euro, das ist geschenkt! Im Laden zahlen Sie dafür siebzig! Was für eine Chance! Billig, billig!« Und sie hat meine langen schwarzen Haare frisiert. Als sie noch jung war, sahen ihre genauso aus. Später fielen sie ihr dann aus und sie waren auch nicht mehr ganz schwarz. Sie band sie mir zu einem Pferdeschwanz zusammen, nachdem sie Olivenöl hineingebürstet hatte. Olivenöl, wie früher. Wie im Dorf. Ich mag das eigentlich nicht, aber ich habe nichts gesagt, weil sie solchen Spaß dran hatte, mich hübsch zurechtzumachen. Wenn früher der Fotograf in die Grundschule kam, richtete sie mich morgens genauso her. Auf den Fotos glänzen meine Haare so seidig wie in der Werbung von Schwarzkopf: »Professional hair care for you!« In Wirklichkeit waren sie nur schmierig und stanken wie ranziges Bratfett, wegen des Öls. Wenn meine Lehrerin mir den Kopf tätschelte, weil ich eine gute Antwort gegeben hatte, musste sie sich anschließend die Hand an ihrer Jeans abwischen. Am Tag, wenn der Fotograf in die Schule kommt, tragen alle Lehrerinnen Jeans.

Scheiß drauf. Hauptsache, Mama fand mich hübsch. Wenn die Leute sagen, ich sehe ihr ähnlich, bin ich immer ganz stolz. Ich habe nicht viel von meinem Vater. Nur meine Augen, die sind grün wie seine. Sein Blick war voller Nostalgie. Wenn ich in den Spiegel schaue, sehe ich ihn und seine Nostalgie. Immer. Madame Burlaud sagt, ich bin erst geheilt, wenn ich nur mich im Spiegel sehe – nur mich ganz allein.

Um meine Augen zu betonen, hat Mama sie mit Kajal umrandet. Dann gab sie mir einen Kuss auf die Stirn, bat Allah, mich zu begleiten, und schloss die Tür hinter mir. Hoffentlich hat Allah ein Auto, die öffentlichen Verkehrsmittel finde ich nämlich stressig. Ich ging zu Fuß bis zum Rathaus, um dort den Bus zu nehmen. Und wen sehe ich im Bus, quer über einen Vierersitz gefläzt, die Stöpsel seines Walkmans tief in den Ohren? Nabil die Null. So ein Zufall aber auch.

Es ist wie im Film: Unsere Blicke kreuzen sich, er spielt den Schuldbewussten, nickt kaum merklich und murmelt ein unhörbares »'les klar?«. Faul ist er auch noch. Bin ich so daneben, dass er nicht mal ein »A« für mich übrig hat?

Als Antwort habe ich nur Augen und Lippen zusammengekniffen, um ihm zu verstehen zu geben: »Du kannst mich mal, Nabil, du Obernull, du picklige Mikrobe, dämliche Schwuchtel.« Ich hoffe, er hat es verstanden.

Dann setzte ich mich neben einen alten Afrikaner, der einen hölzernen Rosenkranz in der Hand hielt. Das erinnerte mich an meinen Vater in einem seiner seltenen frommen Momente. Viel hatte er allerdings nicht von einem guten Moslem. Wenn man einen Sechserpack Billigbier intus hat, geht man nicht beten. Das bringt nichts.

Nabil ist drei Haltestellen vor mir ausgestiegen. Kein Auf Wiedersehen, kein Tschüs, kein *beslama*. Rien, *walou*. Es muss ihn schon viel gekostet haben, »'les klar?« zu mir zu sagen. Nicht mal ein richtiges »Alles klar?«. Da wäre »Auf Wiedersehen« erst recht zu viel verlangt. Ich muss gestehen, dass ich trotzdem ganz schön sauer war. Aber das Schlimmste sollte erst noch kommen.

Ich betrete meine neue Schule (Louis-Blanc: siehe Wörterbuch der Eigennamen) und stehe inmitten von ungefähr dreißig blassgesichtigen Schlampen mit Dauerwelle – Freiheit, Gleichheit, Brüderlichkeit. Wie ein erster Schultag sah das nicht aus – eher, als wäre ich auf einem Casting gelandet. Alle waren megacool, total »fashion«, wie sie im Fernsehen sagen. Mit meinem Kajal und meiner gefälschten Jeans fühlte ich mich da ziemlich fehl am Platz.

Wir wurden aufgerufen und gingen gruppenweise in unsere Klassenräume. Meine Klassenlehrerin heißt Agnès Bernard, aber mit Agnès B. ist die wohl kaum verwandt. Sie ist jung, vielleicht gerade mal dreißig, blond, lispelt und kleidet sich 08/15, total unauffällig. Zum Glück hat sie dieses Lispeln zu bieten, damit ist die Ärmste wenigstens ein bisschen originell. Sie hat uns die Friseurausbildung erklärt und was wir im kommenden Schuljahr machen werden. »Produktkunde: Richtlinien zu Produkten der Körperpflege, Rohstoffe zur Herstellung von Haarpflegeprodukten … Materialkunde: Geräte zum Trocknen und zur Formgebung der Haare, Schneidewerkzeuge und -geräte, Hilfsmittel bei der Formgebung … Und natürlich Berufskunde: Haarwäsche, Bleichen, Färben, Trocknen, Legen …« Böhmische Dörfer. Das reinste Chinesisch. Was zum Teufel mache ich hier eigentlich?

Als ich nach Hause kam, war ich depressiv. Meistens reiße ich mich ja zusammen, aber diesmal konnte ich nicht mehr. Kaum hatte ich die

Schwelle zu unserer Zweizimmerwohnung überschritten, brach ich in Tränen aus, ein Wunder, dass ich nicht die ganze Bude unter Wasser gesetzt habe. Zum Glück war Mama nicht da. Ich kenne sie, sie hätte mitgeheult, ohne überhaupt zu wissen, was los ist.

Ein paar Tage später gab ich das Babysitten auf. Ich bin jetzt zu beschäftigt, habe zu viel zu tun. Total overbooked. Keine Zeit mehr, mich um ein kleines Mädchen zu kümmern. Tut mir Leid.

Nein, in Wirklichkeit passe ich nicht mehr auf Sarah auf, weil das jetzt Hamoudi tut. Da er hier in der Cité arbeitet und um vier Uhr Schluss macht, kann er die Kleine abholen. Das ist gut. Sogar sehr gut. Wie in einer richtigen Familie.

Ich sehe Hamoudi, wenn ich einkaufen gehe. Wir wechseln dann ein paar Worte, während er Reiskartons auslädt. Nach fünf Minuten überkommt mich immer das Gefühl, dass ich störe, dann gehe ich. Man muss dazu sagen, dass er mit mir genauso spricht wie mit allen anderen. Das ist nicht mehr der Hamoudi von Hausnummer 32. Und das weiß er. Neulich fand ich einen 20-Euro-Schein im Briefkasten, dabei eine Nachricht mit der Unterschrift »Moudi«. Das ist jetzt sein Spitzname. Ein bescheuerter Spitzname. Mir wäre bestimmt was Besseres eingefallen. Wenn ich dran denke, dass Hamoudi Spitznamen immer blöd fand. Und jetzt unterschreibt er schon mit »Moudi«. Lila hätte sich wirklich was anderes ausdenken können. Moudi, Muhdie, Muh – wie macht die Kuh? Aber Hamoudi macht gar nichts mehr. Spitznamen sind was für Spießer: »Möchtest du noch etwas Hase, mein

Täubchen?« Andersrum funktioniert es genauso. Echt dämlich.

Hamoudi wollte nur sein Gewissen erleichtern, weil er mich so fallen gelassen hat, deshalb warf er die Nachricht mit dem Schein in unseren Briefkasten. Meint er, das sei mit Geld wieder gutzumachen, oder was? Er sollte aufhören, die billigen Frauenzeitschriften zu lesen, die bei Lila auf dem Tisch herumliegen. Sogar der Inhalt seines Briefes war Mist: »Wenn du mich brauchst, weißt du, wo du mich findest ...« Na klar! Ich weiß nur, dass ich dich nicht mehr in Hausnummer 32 finde, Hamoudi. Du hast uns vergessen, Rimbaud und mich. Du treulose Tomate. Sie sind doch alle gleich. Alles Drückeberger.

Und wenn Madame Burlaud nicht dafür bezahlt würde, mich pünktlich einmal in der Woche zu sehen, würde sie mich garantiert auch fallen lassen.

Als ich neulich in der Stadt an einem Tabakladen vorbeikam, klebte im Schaufenster ein Zettel: »Lotto-Jackpot. Wir haben einen Gewinner: 65 000 Euro.« Sie schreiben immer »Wir haben einen Gewinner«, aber nie, wer es ist. Die Tabakhändler sind anständige Leute. Sie geben nie die Namen der Gewinner preis. Nur dass ich diesmal weiß, welcher Arsch das Glück hatte, das große Los zu ziehen: unser Sheriff. Er kommt bestimmt bald ins Fernsehen und wird berühmt. Dann bleiben ihm in Zukunft die Ausweiskontrollen erspart: Wenn ihn alle kennen, muss ihn niemand mehr nach dem Namen fragen. Jedenfalls hat er es verdient. Er versucht es schon so lange. Ich bin neugierig, was er mit dem Geld anstellt. Gönnt er sich einen neuen Hut? Eine neue Jeans? Eine neue Wohnung, neue Cité, neues Land? Vielleicht kauft er sich eine Villa in Tunis und findet eine Frau, die richtig gutes Couscous kocht …

Ach ja, wo wir gerade beim Thema Heiraten sind, ich habe meine Mutter durchschaut. Sie ist in den Bürgermeister von Paris verknallt. Sie schwärmt für Bertrand Delano, seit sie im Fernsehen gesehen hat, wie er die Gedenktafel in Saint-Michel eingeweiht hat. Sie ist den Algeriern gewidmet, die man am 17. Oktober 1961 während einer Demonstration in die Seine geworfen hatte. Ich habe mir in der Bibliothek von Livry-Gargan Bücher zu dem Thema ausgeliehen.

Mama fand es toll, dass Bertrand das für das algerische Volk getan hat. Sie fand ihn so würdevoll und todschick. Jetzt wo sie allein stehend ist, überlege ich ernsthaft, ob ich Bertrand Delano ein Zeichen geben soll. Eine große Plakataktion, mit einem Foto von Mama (das Schwarzweißfoto aus ihrem Pass) und darunter der Schriftzug: »Ich bin verrückt nach dir, Herr Bürgermeister, call me …« Wenn Bertrand das sieht, dreht er durch. Ich glaube, er ist sogar auch Single. Stimmt doch, er lässt sich in der Öffentlichkeit nie mit einer Frau blicken. Außerdem ist meine Mutter ein echter Joker, mit ihr kann man nur gewinnen: Sie kocht, macht den Haushalt und strickt sogar. Ich wette, für den Herrn Bürgermeister hat noch niemand einen Slip gestrickt. Im Winter wird er heilfroh sein.

Neulich traf ich abends Hamoudi an den Müllcontainern. Er sagte, genau mich habe er gesucht. Pfff. Überhaupt nicht wahr. Ich habe genau gesehen, dass er auf dem Weg zu Lila war.

»Hamoudi, du alter Lügner!«

Nein, das habe ich nicht gesagt. Sondern: »Ach ja ...?« Wir haben uns kurz unterhalten. Er sagte, es tut ihm Leid, dass er nicht mehr so viel Zeit für mich hat wie früher ... Im Großen und Ganzen hat er mir zu verstehen gegeben, dass er jetzt ein anderes Leben führt, und ich habe auch verstanden, dass ich da nicht mehr so richtig reinpasse.

»Hamoudi, als kleiner Gauner, der den Bullen den Stinkefinger zeigte, warst du mir lieber.«

Nein, auch das habe ich nicht gesagt. Sondern: »Schon okay.«

Lila und er reden schon von Hochzeit. Hamoudis Mutter muss überglücklich sein. Dann hat sie endlich alle Kinder unter der Haube. »Letzten Level erreicht. Bonus. You're a winner.« Die alte Kupplerin hat ihre Mission erfüllt. Genau im richtigen Moment. Achtundzwanzig Jahre, das ist gut, gerade noch rechtzeitig, bevor man als Mutter anfängt, sich gewisse Fragen zu stellen: »Allah, o Allah, ist mein Sohn vielleicht eine Tunte? *Hschuma* ...«

Hamoudi täte gut daran, mich zu seiner Hochzeit einzuladen. Wenn nicht, verpfeife ich ihn bei den Bullen. Nein, ich mache nur Spaß. Das würde ich nie tun. Hier im Viertel gibt es einen Typen, der seine Kumpels verraten hat. Seitdem wird er verfolgt, hier in der Cité nennt man ihn nur noch »Harki«. Und ich bin keine Denunziantin. Der arme Kerl wird seinen Ruf als Verräter weghaben, solange er in der Cité lebt. Wenn man hier irgendetwas tut, das nicht gern gesehen wird, ist man ein für alle Mal erledigt. Dann steckt man bis zum Tod in einer Schublade.

Das erinnert mich an die Geschichte eines Mädchens, das vor ein paar Jahren hier im Viertel wohnte, worüber sogar die Zeitungen berichteten: Sie war eine gute Schülerin, die Familie war allseits respektiert, und selbst die Jungen, die dafür bekannt waren, große Schlitzohren zu sein, halfen ihrem Vater sonntags, die Taschen vom Markt nach Hause zu tragen. Das Mädchen spielte Theater in einer Truppe, die vom Rathaus von Livry-Gargan finanziert wurde, und ihre Eltern ließen sie diese Leidenschaft ohne Probleme ausleben. Sie kamen sogar manchmal zu den Aufführungen am Ende des Jahres. Kurz und gut, sie hatte es gar nicht schlecht getroffen, auch wenn ihre Eltern ihre Freizeitbeschäftigung mehr als Hobby betrachteten, etwa wie das Malen am Mittwochnachmittag im Kindergarten. Sie aber liebte das Schauspielern und wollte es zu ihrem Beruf machen. Als sie achtzehn war, tourte sie mit ihrer Truppe sogar durch ein paar französische Städte.

Eines Tages fanden ihre Eltern eine anonyme Botschaft im Briefkasten. Sie wurde ungekürzt in einer Zeitschrift abgedruckt, zusammen mit dem Bericht des Mädchens:

*Ihre Tochter hat schlechten Umgang, sie geht viel aus und ist oft mit Jungen unterwegs. Man hört Sachen über sie, die Ihren Namen beschmutzen und Ihrem guten Ruf schaden. Das ganze Viertel weiß, dass *** sich mit jungen Männern einlässt und vom rechten Weg abkommt. Gott sagt, Sie sind verantwortlich für den Weg Ihrer Kinder. Sie müssen streng mit ihr sein, damit sie ihre Familie und den Islam fürchtet.*

Jetzt wissen die Leute, dass Ihre Tochter sich auf der Straße herumtreibt. Die Franzosen führen sie auf den Pfad des Bösen. Man hat bemerkt, dass sie sich schminkt, sich die Haare färbt. Das heißt, sie gefällt gern den Männern und reizt Satan. Sollte ihr etwas Schlimmes widerfahren, weiß Gott, dass Sie zu großzügig mit ihr waren, und Sie sind ebenso schuldig wie sie. Gott schenkt uns Milde und Erbarmen. Sie kann wieder zu ihrer Familie und unseren Sitten zurückkehren, wenn Sie Strenge walten lassen. Das Gebet muss der Gestrauchelten eine Hilfe Gottes sein.

Ihrer Familie wird viel Respekt gezollt und das soll so bleiben. Ein Vater kann seine Tochter wieder auf den rechten Weg bringen. Vertrauen Sie auf die Macht, die Gott Ihnen schenkt, um eine anständige Familie zu sein.

Nach diesem Brief änderte sich für das Mädchen alles. Es war dem anonymen Schwein, das diesen Mist geschrieben hatte, gelungen die Eltern zu überzeugen. Sie hatten ein schlechtes Gewissen, ihrer Tochter »zu viele« Freiheiten gelassen zu haben. Ab sofort durfte sie weder ins Theater noch sonst wo hin, nicht mal zum Brotkaufen. Und vor allem wurde auf einmal dauernd von Hochzeit geredet. Der letzte Strohhalm, wenn Eltern das Gefühl haben, ihre Tochter könnte ihnen entwischen.

In der Zeitschrift erzählte das Mädchen, wie es damals beschloss, von zu Hause auszureißen. Heute lebt sie allein und hat praktisch keinen Kontakt mehr zu ihren Eltern. Aber sie wurde Mitglied des Ensembles der Comédie Française und kann inzwischen von ihrer großen Liebe zum Theater leben. Am Ende hat sie doch gewonnen.

So, jetzt ist es so weit. Ich bin sechzehn geworden. Sechzehn Lenze, wie es im Film immer heißt. Keiner hat dran gedacht. Nicht einmal Mama. Niemand hat mir dieses Jahr zum Geburtstag gratuliert. Letztes Jahr übrigens auch nicht … Ach doch: Letztes Jahr habe ich von Agnès B. einen Bestellschein zugeschickt bekommen, der mir ein besonderes Geburtstagsgeschenk garantierte, sollte ich innerhalb der nächsten zehn Tage eine Bestellung aufgeben: »Agnès B. wünscht Ihnen alles Gute zum Geburtstag.« Aber in diesem Jahr habe ich nichts bekommen. Agnès B. schmollt. Wahrscheinlich ist sie sauer, weil ich ihr ihren beschissenen Schein nicht zurückgeschickt habe. Blöde Kuh. Mir doch egal.

Diese Geschenke sind sowieso immer nur halb so

groß wie auf den Abbildungen. Macht nichts, dass dieses Jahr niemand an meinen Geburtstag gedacht hat.

Ehrlich gesagt kann ich das auch gut verstehen. Wer bin ich denn schon? Es gibt Leute, deren Geburtstag allgemein bekannt ist. Manche stehen sogar im Kalender. Aber ich bin ein Niemand. Und ich kann nichts Außergewöhnliches. Ich hab zwar so ein paar kleine Tricks auf Lager, aber nichts Besonderes: mit den Zehen knacken, einen Spuckefaden aus dem Mund laufen lassen und dann wieder hochziehen, morgens vor dem Badezimmerspiegel den italienischen Akzent nachmachen ... Eigentlich komme ich doch ganz gut weg. Aber als Junge wäre es vielleicht alles anders. Es wäre sogar ganz sicher anders.

Zum Beispiel wäre mein Vater noch da. Er wäre nicht nach Marokko zurückgegangen. Dann hätte ich zu Weihnachten 1994 bestimmt die Inlineskates von Fisher Price bekommen und bei der Gelegenheit auch eine Antwort auf den Brief, den ich dem Weihnachtsmann geschrieben hatte. Ja, alles wäre besser gelaufen, wenn ich ein Junge wäre. Ich hätte ganz viele Kinderfotos von mir, wie die kleine Sarah. Mein Vater hätte mir beigebracht Tabak zu kauen. Er hätte mir eine Menge unanständiger Geschichten erzählt, die er auf den Baustellen gehört hatte, und hin und wieder hätte er mir auch kumpelhaft auf die Schulter geklopft, nach dem Motto: »Du bist ein guter Junge!« Ja, ja. Es hätte mir sogar Spaß gemacht, mich immer wieder genüsslich am Sack zu kratzen, um mich meiner Männlichkeit zu vergewissern. Es hätte mir gefallen, ein Junge zu sein. Tja, aber ich bin nun mal ein Mädchen. Eine Tussi. Ein Mädel. Eine Ische halt. Irgendwann werde ich mich wohl daran gewöhnen.

Neulich sind Mama und ich zum Münzfernsprecher auf dem kleinen Platz gegangen, um Tante Zohra anzurufen. Diese Telefonzellen breiten sich immer mehr aus. Holzhäuschen mit Glastüren und Nummern auf den Hörern, die mich unheimlich an unser Dorf erinnern. Das Konzept Telefonzelle ist made in Marokko. Ein kleines Stück Oujda mitten auf dem kleinen Platz von Livry-Gargan.

Tante Zohra geht es gut. Sie sagte, Youssef kommt im Mai wieder auf freien Fuß. Das scheint festzustehen, denn sie sagte nicht einmal *»Inschallah«* dazu. Aber bei jedem Besuch wird er ihr ein bisschen fremder. Neuerdings redet er sehr extremistisch daher, noch schlimmer als sein Vater. Und das will was heißen.

Wahrscheinlich hat er im Knast die falschen Leute kennen gelernt. Youssef, der früher immer so ruhig war und vor allem viel aufgeschlossener als die meisten in seinem Alter, redet heute von schwerer Sünde und göttlicher Strafe. Früher war ihm all das piepegal. Er hat sich sogar heimlich Bacon-Chips gekauft, weil er wissen wollte, wie die schmecken. Ich finde diesen plötzlichen Sinneswandel sehr seltsam. Irgendwer muss dort hinter Gittern seine momentane Schwäche ausgenutzt haben, um ihm fette Disketten ins Hirn zu schieben. Es wird allerhöchste Zeit, dass es Mai wird und er rauskommt.

Aber es gibt auch gute Nachrichten: In einer Regionalsendung auf France 3 habe ich neulich abends eine Reportage gesehen, und wer erschien da ganz elegant in einer rosafarbenen Tunika auf dem Bildschirm? Fatouma Konaré, Mamas frühere Kollegin im Formule 1 von Bagnolet. Unten wurde ihr Name eingeblendet, mit dem Zusatz »Gewerkschaftsvertreterin«.

In dem Bericht hieß es, die Mädchen hätten den Kampf gewonnen. Ihre Forderungen werden demnächst erfüllt. Es gibt sogar eine Entschädigung für alle, denen während des Streiks gekündigt wurde oder die ohne Lohnersatz gegangen sind. Heißt das, dass auch Mama Kohle bekommt, obwohl sie gar nicht gestreikt hat? Ich musste sofort an diesen riesigen Trottel Monsieur Schihont denken. Der wird sich schwarz ärgern. Hahaha! Geschieht ihm recht!

Na also, ein schöneres Geburtstagsgeschenk kann man sich gar nicht vorstellen: Es gibt hier unten auf Erden doch noch so etwas wie Gerechtigkeit. Daran begann ich nämlich schon ernsthaft zu zweifeln. Ich hatte es satt, immer zu hören: »Das ist der Lauf der Dinge.« Ich verstand nicht, was für Dinge das sein sollen – überhaupt eine bescheuerte Redensart.

Nach allem, was in diesem Jahr passiert ist, fand ich das Leben offen gesagt ziemlich ungerecht. Aber in letzter Zeit ist so viel geschehen, dass sich meine Ansicht ein bisschen geändert hat: dass Patrick Dils jetzt in der Sendung *Alle sprechen darüber* mitmacht. Die besseren Arbeitsbedingungen der Putzfrauen im Formule 1 von Bagnolet. Dass Hamoudi und Lila im April heiraten. Und schließlich, wie Mama sich im vergangenen Jahr verändert hat. Wenn ich sehe, wie es ihr mit jedem Tag ein Stück besser geht, und wie sie sich abstrampelt, um uns beide durchzubringen, sage ich mir, dass sich das alles doch irgendwie lohnt und dass ich es vielleicht machen sollte wie sie.

Was die Arbeit angeht, bin ich beinahe schon so weit, denn auf dieser Friseurschule gönnen sie uns keine Atempause: Waschen, Trocknen, Legen, und wenn wir damit fertig sind, geht es wieder von vorne los. Ununterbrochen. Dabei hat sich selbst Gott am siebten Tag ausgeruht. Das ist doch nicht normal. Aber dann beruhigt es mich wieder, dass ich ganz gut zurechtkomme. Wenn ich hier auf der Friseurschule auch durchgerasselt wäre, hätte ich angefangen, mir ernsthaft Gedanken zu machen.

Madame Burlaud hat mir mitgeteilt, dass die Therapie beendet ist. Ich habe sie gefragt, ob sie sich sicher ist. Da hat sie nur gelacht. Das heißt, mir geht es gut. Oder sie kann meine Geschichten nicht mehr hören. Bei all dem Mist, den ich bei ihr vom Stapel gelassen habe, muss sie ja selbst die Krise kriegen …

Ich bin froh, dass es zu Ende ist – ein paar Kleinigkeiten haben mich an ihr schon gestört. Schon ihr Name … Burlaud, jetzt mal im Ernst, was ist denn das für ein Name, der klingt doch nur scheiße. Ihr Läuseshampoo-Gestank und diese ach-so-aufschlussreichen komischen Psycho-Tests … Außerdem ist sie echt alt. Sie stammt noch aus einer anderen Zeit. Wenn ich mit ihr rede, muss ich genau aufpassen, was ich sage. Ich kann kein einziges neues Wort oder Slang verwenden, um ihr meine Gefühle zu erklären … Wenn mir doch mal so was wie »schlauchig« rausrutscht, versteht sie mich total falsch oder guckt wie ein Auto.

Madame Burlaud und ich hatten einfach nicht dieselbe Wellenlänge. Trotzdem weiß ich, dass ich mich gerade deshalb wieder besser fühle, und ich gebe zu, sie hat mir sehr geholfen. Ich habe mich sogar bei ihr bedankt. Aufrichtig.

Als ich mich von ihr verabschiedete, sagte sie: »Viel Glück!« Das war seltsam. Ich war es gewohnt zu hören: »Bis nächsten Montag!« Es fühlte sich so ähnlich an wie das erste Mal alleine Fahrrad fahren.

Einmal durfte ich mit Youssefs Fahrrad fahren. Er hatte versprochen mich anzuschieben, und ich war völlig perplex, als er auf einmal rief: »Ich habe losgelassen!« Seine Stimme klang weit entfernt. Er hatte schon vor einer ganzen Weile losgelassen und ich trat munter weiter in die Pedale. Madame Burlauds »Viel Glück!« hörte sich für meine Ohren genauso an wie Youssefs »Ich habe losgelassen!«. Sie hat mich eben auch losgelassen.

Auf dem Weg nach draußen fühlte ich mich ein

bisschen wie in der vorletzten Szene eines Films, wenn die Helden das Problem mehr oder weniger gelöst haben und es Zeit für das große Finale wird. Nur dass mein Finale länger und härter ausfallen wird als das von *Jurassic Park*.

Ich weiß zum Beispiel immer noch nicht, was ich wirklich machen will. Denn diese Friseurgeschichte ist nur eine Zwischenlösung. Wie bei Christian Morin. Er moderierte jahrelang das *Glücksrad*, aber sein wahres Glück fand er als Klarinettist.

Gestern bekam ich überraschenden Besuch. Als Mama gerade nicht da war, kam Nabil die Null vorbei. Ich machte die Tür auf, und da stand er, an die Wand gelehnt, parfümiert und rasiert. Er tippte sich an die Baseballkappe, grinste mich an und sagte: »Na, wie geht's?«

Ich stand erst mal ein Vierteljahrhundert wie angewurzelt da und bekam vor lauter Staunen den Mund nicht auf. Wie die Gewinner bei der alljährlichen Supermarkt-Tombola. Nach kurzem Überlegen beschloss ich, ihn reinzulassen. Wir setzten uns aufs Sofa und unterhielten uns. Über seine Ferien auf Djerba, das Buch, das er gerade gelesen hat, sein letztes Schuljahr vor dem Abschluss ... Er hat mir verraten, dass er letztes Jahr schon mal durchs Abi gerasselt ist. Für seine Mutter war das natürlich der reinste Albtraum, noch schlimmer als für ihn. Diese *** (Autozensur) sagte, er hätte zu viel Zeit damit verbracht, mir zu helfen, und das hätte ihn sozusagen davon abgehalten, sich um seine eigenen Sachen zu kümmern und seine Klausuren noch mal anzugucken. Das soll jetzt meine Schuld sein?

Ja, wir haben wirklich über alles geredet. Sogar über das, was mir irgendwie doch ein bisschen peinlich war. Ihr wisst schon.

Es tat Nabil Leid, dass er mich mit dem Kuss so überrumpelt hat, und er hoffte, dass ich nicht allzu sauer war. Ich sagte Nein. Und da tat er es wieder. Aber diesmal besser, nicht so hektisch. Wahrscheinlich hat er in dem Ferienclub auf Djerba mit einer siebzehnjährigen Deutschen geübt, die dort mit ihren Eltern, zwei Journalisten der bayrischen Skandalpresse, Urlaub machte. Bestimmt war sie blond, hatte grüne Augen, einen großen Busen und hieß Petra.

Jedenfalls ist er hinterher nicht abgehauen. Wir haben zusammen ferngesehen und uns weiter unterhalten. Er hat mir sogar über die Haare gestreichelt (zum Glück hatte ich diesmal kein Olivenöl reingeschmiert). Ich habe ihm viele Sachen über mich und meine Familie erzählt und noch so einiges, was er nicht wusste: von Hamoudi zum Beispiel und seinen Rimbaud-Gedichten, die er im Hauseingang für mich rezitierte. Und da hat Nabil mich schon wieder überrascht. Er fing einfach an, »Das Neujahrsgeschenk der Waisen« auswendig aufzusagen, und er musste dabei nicht so oft nachdenken wie Hamoudi, es kam wie aus der Pistole geschossen. Es war sehr schön. Leider hat er anschließend alles verdorben, indem er mich angrinste und sagte: »Da staunst du, was?« Als ich Nein sagte, lachte er. Mit Nabil habe ich mich also versöhnt und ich glaube sogar ... ich mag ihn. Am Mittwoch will er mit mir ins Kino gehen. Ich freue mich schon riesig. Das letzte Mal war ich mit der Grundschule im Kino, in *König der Löwen*.

Dieses Wochenende habe ich auch Hamoudi, Lila und Sarah getroffen. Auf dem Weg zum Einkaufscenter, wo ich etwas für Mama besorgen wollte, hupte es plötzlich neben mir. Ich brauchte einen Moment, um zu begreifen, dass tatsächlich ich gemeint war. Normalerweise drehe ich mich gar nicht um, wenn irgendwo gehupt oder gepfiffen wird – es ist ohnehin immer für die Schlampe mit dem Paillettentop in Bonbonrosa und der engen Jeans hinter mir. Diesmal war aber weit und breit keine solche Zicke zu sehen. Also bin ich eingestiegen und mit ihnen zusammen zum Einkaufscenter gefahren.

Aus jeder Pore verströmten sie das perfekte Familienglück. Mir wurde klar, dass Hamoudi nie etwas Besseres widerfahren war, seit ich ihn kenne. Außerdem fiel mir auf, dass er schon wieder ein anderes Auto fährt. Diesmal ist es ein roter Opel Vectra. Genau so einer war der Sozialarbeiterin auf dem Parkplatz vor unserem Haus geklaut worden. Aber ich habe nichts dazu gesagt.

Die Cyborg-Frau ist übrigens versetzt worden,

weil Madame Dingsbums aus dem Mutterschaftsurlaub zurück ist. Sie hat endlich ihren kleinen Wurm zur Welt gebracht.

Als sie zu uns kam, hatte sie natürlich Fotos von ihrem Nachwuchs dabei. Wir durften also Lindsay (so heißt sie tatsächlich ... kein Kommentar!) bewundern, wie sie noch ganz verschmiert im Arm ihrer Mutter liegt (ich weiß nicht, wie Madame Sowieso das hinkriegt, jedenfalls saß ihre Föhnfrisur auch nach der Entbindung tadellos). Dann: Lindsay in der Badewanne, Lindsay mit ihrem Papa auf dem Ikeasofa, Lindsay beim Heiamachen in ihrer Wiege, *Lindsay und die Picaros, Lindsay in Tibet* und schließlich *Lindsay und die Juwelen der Sängerin*. Unsere Mannequin-Sozialtante schien sehr glücklich mit ihrer kleinen Lindsay, die jetzt schon dafür prädestiniert ist, in ein paar Monaten Pampers-Werbespots zu drehen ...

Madame Dingens hat festgestellt, dass sich bei uns »wirklich was verändert« hat. Sie will versuchen, beim Sozialamt noch etwas mehr Geld lockerzumachen, damit wir nächsten Sommer in Urlaub fahren können, vielleicht ans Meer. Also das hat mich dann doch umgehauen. Vielleicht ist Madame Dingsbums ja die heimliche Tochter von Abbé Pierre und Schwester Emmanuelle und deshalb die Großherzigkeit in Person. Auf einmal mochte ich sie, unsere liebe, verehrte Sozialarbeiterin. Ans Meer! Ist das nicht super? Ich nehme alles zurück, was ich über dich, deinen Mann und dein Baby Dingsbums gesagt habe. Verzeihung. Vielleicht bist du im Grunde ein nettes Mädchen.

Um noch einmal kurz auf Hamoudi und Lila zurückzukommen: Als wir zusammen einkaufen waren, haben sie wieder von ihren Hochzeitsplänen erzählt. Beide wollen eine traditionelle Trauung. Schon komisch, das hätte ich nicht gedacht. Aber Lilas Eltern freuen sich bestimmt. Sie hat mir erzählt, dass sie sich gerade erst vor ein paar Tagen mit ihnen versöhnt hat, nachdem sie fünf Jahre lang nicht miteinander gesprochen hatten – seit dem Tag, als Lila beschloss, Sarahs Vater zu heiraten. Hamoudis Mutter schreit es schon von allen Dächern der Cité, dass ihr Jüngster demnächst in den Hafen der Ehe einlaufen wird. Von Rachida hört man (und sie ist eine zuverlässige Quelle), dass viele Leute diese Hochzeit nicht gern sehen, weil Lila bereits geschieden ist und ein Kind von einem Mann französischer Herkunft hat. Aber das juckt das Brautpaar nicht die Bohne. Das ist alles Kleinkram.

Während Lila im Einkaufscenter Stöckelschuhe anprobierte, erzählte ich Hamoudi alles über Nabil. Er schien sich sehr für mich zu freuen, als würde mir etwas ganz Besonderes widerfahren. Ich hatte gehofft, dass Hamoudi so reagiert. Ich kenne ihn gut genug, um zu wissen, dass er ein Mädchen, das einen Freund hat, nicht gleich verachtet und als *** abstempelt. Ihr wisst schon, was ich meine.

»Du willst uns wohl die Show stehlen und noch

vor uns heiraten, was? Sieht er gut aus, dein Nabil? Wenn er aus dem Viertel kommt, kenne ich ihn doch bestimmt, oder?«

»Er hat ziemlich große Ohren, aber er ist sehr nett und intelligent und …«

»Ha, ich sehe schon, alles klar! Von wegen miese Aussichten! Das ist wohl vorbei!«

Er hat Recht. Das hatte ich schon fast vergessen. Aber Hamoudi nicht. Als er mich daran erinnerte, wäre ich beinahe in Tränen ausgebrochen. Das habe ich nämlich immer gesagt, wenn ich nicht gut drauf war: Miese Aussichten.

Jetzt würde ich eher sagen: Paradiesische Aussichten. Wow. Und ich bin von selbst draufgekommen. (So etwas in der Art würde Nabil jetzt sagen …)

Vielleicht haben die Leute ja Recht, wenn sie immer vom »Lauf der Dinge« sprechen. Vielleicht laufen die Dinge ja doch irgendwohin. Was soll's, wenn Jarod schwul ist – Nabil sagt, Rimbaud war es auch … Und halb so wild, wenn ich keinen Vater mehr habe, es gibt viele Leute, die keinen Vater mehr haben. Außerdem habe ich ja eine Mutter … Und der geht es besser denn je. Sie ist frei, gebildet (wenigstens ein bisschen), und sie brauchte nicht mal eine Therapie, um mit allem fertig zu werden. Jetzt fehlt ihr nur noch ein Abo der *Elle* und sie ist eine erfüllte Frau. Was will ich mehr? Dachtet ihr, ich sage jetzt »Nichts«? Von wegen, ich will noch eine Menge mehr. Es gibt noch viel zu tun … He, das bringt mich auf eine Idee. Ich könnte in die Politik gehen. »Von der Friseurlehre zur Präsidentschaftswahl ist es nur ein kleiner

Schritt …« Solche Sätze bleiben den Leuten im Gedächtnis. Ich muss daran denken, mehr davon zu produzieren. Wie die Zitate, die im Geschichtsbuch stehen, zum Beispiel von diesem Blödmann von Napoleon: »Jedes besiegte Volk braucht eine Revolte.«

Und ich werde dann die Revolte der Cité du Paradis anführen. In den Zeitungen stehen dann Schlagzeilen wie »Doria entflammt die Cité« oder »Die *Pasionaria* der Vorstadt bringt das Pulverfass zum Explodieren«. Aber es wird keine gewalttätige Revolte wie in dem Film *Hass*, wo alles nicht so optimal ausgeht. Es wird eine intelligente Umwälzung, ohne jede Gewalt, in der die Leute nur aufbegehren, weil sie wahrgenommen werden wollen, und zwar alle. Das Leben besteht nicht nur aus Rapmusik und Fußball. Wie bei Rimbaud wird in unserem Munde »das Wort zur wilden Klage, zum Schreie der Verfluchten, zum Schrecken der Verruchten«.

Es muss der Umgang mit Nabil sein, der mir einen solchen republikanischen Schwung verleiht.

»Jessica Adams hat Nick Hornby den Kampf angesagt.«
Daily Mirror

Ende der 70er Jahre: Für Linda wird ein Traum wahr, als ein Londoner Musikmagazin sie als Reporterin einstellt. Ihr Leben wird zu einer Rock'n'Roll-Odyssee: Sie steht auf jeder Gästeliste, bekommt die neuesten Platten und trifft völlig verrückte Musiker. Lindas konservativer Freund David hält davon allerdings nicht sehr viel …

»Nicht nur Jungs können tolle Bücher mit den Listen ihrer Lieblingslieder schreiben.«
The Guardian

»Ein absolutes Muß!«
Vogue

Ballroom Blitz
Roman
ISBN-13: 978-3-548-26275-8
ISBN-10: 3-548-26275-9

ULLSTEIN

»Wenn ER sich im Gefühlschaos befindet, gibt es tolle Bücher!«
Joy

Roger Milone, Kochtopfverkäufer bei einem TV-Werbekanal, verbringt eine Nacht mit der schönen Stella. Und es passiert, was ihm noch nie bei einem One-Night-Stand passiert ist: Er verliebt sich Hals über Kopf. Leider heiratet Stella am nächsten Tag – einen anderen …

Ich folg dir Nacht für Nacht
Roman
ISBN-13: 978-3-548-26303-8
ISBN-10: 3-548-26303-8

ULLSTEIN

»Ihr Debüt wurde zum Lebensstil.«
Die Zeit

Millionenbestseller und Skandalroman: Die freizügige Sommergeschichte um einen charmanten Witwer und seine Tochter Cécile, die die neue Liebhaberin ihres Vaters in den Tod treibt, machte die damals 18jährige Sagan mit einem Schlag berühmt.

Bonjour tristesse
Roman
ISBN-13: 978-3-548-26277-2
ISBN-10: 3-548-26277-5

ULLSTEIN